毛毛草丛书

绒花树

毛子 著

知识产权出版社
全国百佳图书出版单位

图书在版编目（CIP）数据

绒花树 / 毛子著．—北京：知识产权出版社，2017.1
ISBN 978-7-5130-4613-8

Ⅰ．①绒…　Ⅱ．①毛…　Ⅲ．①散文集—中国—当代　Ⅳ．① I267

中国版本图书馆 CIP 数据核字（2016）第 283388 号

责任编辑：赵　军　　**责任校对：**潘凤越
封面设计：邓媛媛　　**责任出版：**孙婷婷

绒　花　树
毛　子◎著

出版发行：知识产权出版社有限责任公司　网　址：http://www.ipph.cn
社　址：北京市海淀区西外太平庄 55 号　邮　编：100081
发行电话：010-82000860 转 8101/8102　发行传真：010-82000893/82005070
责编电话：010-82000860 转 8127　责编邮箱：zhaojun@cnipr.com
印　刷：北京中献拓方科技发展有限公司　经　销：各大网上书店、新华书店及相关专业书店
开　本：880mm×1230mm　1/32　印　张：10.25
版　次：2017 年 1 月第 1 版　印　次：2017 年 1 月第 1 次印刷
字　数：212 千字　定　价：38.00 元
ISBN 978-7-5130-4613-8

序　毛毛草

太阳刚刚升起，有些害羞，红着脸，把山坡染得红红的，也把花儿染红了。小鸟儿在新叶枝头蹦跳、歌唱。山脚下有一片红房子，一个屋门口坐着一个小孩子。他静静地坐在那儿，手里抚弄着一把儿毛毛草。

“儿童不知春，问草何故绿。”[①]这时，毛毛草的叶子还很嫩很嫩，摸上去软软的、滑滑的，特别柔和。那草是他自己从房后面的山坡上揪来的，所以特别地爱惜。不知道为什么，他特别喜欢毛毛草，常常一个人去山坡上揪，回来后就一个人坐在什么地方，瞅来瞅去，轻轻地抚弄，就算蔫儿了、干了，也不舍得扔。它们是他最早的好伙伴儿，也是他儿时最初的美好记忆。

星星亮晶晶、亮晶晶，向小城眨着眼，看着青青的果子做着它们美丽的梦。夜晚的星星总是那么充满慈爱，像母亲呵护

---

① 袁枚：《偶作五绝句》，摘自《人类智慧宝库·中国智慧卷》，改革出版社 1992 年版，第 4 页。

自己襁褓中的孩子一般，暖暖地注视着熟睡的毛毛草们。清晨鸟儿在树林里飞来飞去，忙忙碌碌。“纷纷红紫已成尘，不谷声中夏令新。”[①] 毛毛草已经开始长穗儿，头高高地扬着，向上向上。可惜荏苒之间，搬到城里的那个孩子，已经长大，他很少有再回到毛毛草身边的机会了，不过他还是那么喜欢毛毛草。每次从郊野回来的时候，他都会揪回一小把儿插在一个花瓶中。依旧怜爱地瞅着，轻轻地抚弄着，直到蔫儿了、干了，也还是不舍得扔。它们依然是他的好伙伴儿，伴随着那个曾经稚嫩的孩子在憧憬之中渐渐长大。“绿色的草散发出淡淡的清香，不管欢乐与忧伤，我热爱生活，要看着我那绿色的青草在幸福中成长。”[②]“我要继续远游，因为我是一棵小草，我要从岩石上投入大海的怀抱，让海浪把我冲向天涯海角。”[③]

月亮很大，很圆，在大城市的上空，虽不怎么晴朗，却还是明白了许多。鸟儿还在忙碌，却显得慢了一些。“秋风起兮白云飞，草木黄落兮雁南归。”[④] 毛毛草成熟了，毛毛开始微微地低下头。秋霜已经染白了鬓角，他通过毛毛草悟出了一些道理。毛毛草好像没有什么用处，没有什么人会理会它们的存

---

① 陆游：《初夏绝句》，摘自《人类智慧宝库·中国智慧卷》，改革出版社 1992 年版，第 42 页。

② 克雷克：《青草在生长》，摘自《人类智慧宝库·西方智慧卷》，改革出版社 1992 年版，第 5 页。

③ 乔·拜伦：《恰尔德·哈罗尔德游记》，摘自《人类智慧宝库·西方智慧卷》，改革出版社 1992 年版，第 6 页。

④ 刘彻：《秋风辞》，摘自《人类智慧宝库·中国智慧卷》，改革出版社 1992 年版，第 29 页。

在。但是它们芸芸众生，一片一片，自我欣赏，自我快乐。作为最普通的生物，它们有存在的理由，也是地球一个极为宝贵的物种。如果没有毛毛草，地球上很多地方会土石裸露，很多地方会尘沙飞扬，很多地方会没有生气，很多地方会枯燥乏味。更何况它们是不少鸟儿和其他动物的食物，更何况它们可能就是我们吃的小米的祖先。想到这些，他更加喜欢它们。它们还是他的好伙伴儿，它们给他更多的启迪。

晚霞开始出现，彩云在西边的天上轻轻挪着，老年人的白发更加光彩。鸟儿卧在光秃秃的树上，一面歇息，一面默想。山脚下还是那片红房子，那个屋门口曾经坐过的那个小孩子，已经变成了一个老头子。

“清寒入山骨，草林尽坚瘦。”[①] 毛毛草的种子已经被风吹落，草上的毛毛也剩下不多了。可是，没有关系，“野火烧不尽，春风吹又生。”[②] 明年它们还会生长，还会茂盛，还会郁郁葱葱。地球在旋转，万物在轮回。“老了，再一次成小孩。”[③] 红房子一个门口的那个老头子静静地坐在那儿，抚弄着一把儿干干的毛毛草，他又变成了当年的那个小孩子。毛毛草永远是他最忠实的伙伴儿，给他记载着一串串的回忆。“窥得一棵小草埋

① 苏轼：《栖贤三峡桥》，摘自《人类智慧宝库·中国智慧卷》，改革出版社 1992 年版，第 12 页。

② 白居易：《赋得古原草送别》，摘自《人类智慧宝库·中国智慧卷》，改革出版社 1992 年版，第 4 页。

③ 所福克勒斯：《片断》，摘自《人类智慧宝库·西方智慧卷》，改革出版社 1992 年版，第 307 页。

在朴素心中的秘密，便可以窥见精神世界的细微之所在。”[1]

“天意怜幽草，人间重晚晴。”[2]

① 詹·拉·洛威尔：《十四行诗集》，摘自《人类智慧宝库·西方智慧卷》，改革出版社 1992 年版，第 5 页。

② 李商隐：《晚情》，摘自《人类智慧宝库·中国智慧卷》，改革出版社 1992 年版，第 4 页。

目　录

一、至亲挚友

二、自然万物

三、小思杂想

一、至亲挚友

1. 平凡母亲

莫泊桑说：“人世间最美丽的情景，是出现在当我们怀念母亲的时候。”我想念母亲，每次想到的只是她的平凡、善良、慈爱，并没有人们形容母亲时所常说的“伟大”。母亲最大的特点是不一般的漂亮，浓眉大眼，还是卷花头。在那个年代，不用烫发就有大花儿，很让人羡慕嫉妒的。

母亲祖籍天津，1935年生人。她家有十二个孩子，六个男孩和六个女孩，同父同母。母亲在姐妹中排行老四，下一辈儿的孩子都叫她四姑或四姨。她上学时学习特别好，总能得第一，总能得奖状和奖品，这是她一生中最骄傲的一个事情。但是，因为孩子多，家里条件又一般，就得大的来看小的。可是，她的三个姐姐都到城里找了工作或嫁了人，所以就得由她来帮助照料弟弟妹妹，这样她就不能继续上中学了，而这就是她最遗憾的一个事情。哥哥和我认字算数儿，都是她教的，在那个年代不是很多的。她特别爱看书，可能这方面我是受到了她的影响。

她对我们哥俩的管教，主要是规矩和礼貌。例如，必须诚实，不许说谎；犯错儿了必须认错儿；碗该怎么端，筷子怎么拿，菜该怎么夹，吃饭不许说话；大人说话儿，不许接下茬儿；见长辈必须称呼，和长辈说话必须用您，坐着站着都要有相儿，等等。这些教导是礼貌，也是做人的一些规矩，我以为自己受益很多。

那时家里都不富裕，孩子们常常吃不饱，母亲总是最后吃，吃得最少。父亲在家的时候，他就把饭菜分成份儿。可能是因为饿吧，也是因为当时不太懂事儿，分给我那份儿，很快就剩不多了。母亲老是坐在我身边的，就偷偷把饭菜拨给我一些。有一次被父亲看见了，就狠狠说了我一顿。也被监督了，她不时地心疼而又无奈地看我。

在其他方面，母亲也很疼我。一次看电影回来晚，吵了父亲睡觉，被打了一巴掌，鼻子出血了，就跑出了家。一边跑，一边哭，一边哭，一边跑，忘了天黑，忘了寒冷，忘了害怕。跑累了，就开始走，没有目标，没有方向，就是沿着马路。后来觉得冷了，害怕了。脸上还疼，鼻子还酸，有血水，有泪水，被寒风一吹，那么一种疼。更累了，更冷了，更害怕了。

还是回家吧，到了院里，已经是后半夜了。不敢回家，去哪儿呢？转悠来，转悠去，忽然看见会武家的小厨房儿没上锁，就悄悄钻了进去。没一会儿，就鞧（qiū）在旮旯儿睡着了。不知睡了多会儿，忽然，被弄醒了。揉揉眼睛一看，是妈妈！

后来才知道，我跑出去以后，她一直在找我，她去了家属区北边儿生产队大场的麦垛，去了马路南边的大车店，还去了铁道的厂子里。那一夜，她找了我大半夜。

母亲，我现在想她的时候越来越多了。但每次想时，想到的词却没有伟大，而只有平凡、善良、慈爱。

安·斯特林说："要记住，无论你走到哪里，家乡和亲人总是最值得眷恋。所以别忘了你的母亲，要把可爱的故乡记在心间。"

2. 伟大的妈妈

人有很多种感情，其中一种是亲情。讲亲情的人，更容易有大爱，有博爱，更容易爱他人，更容易爱社会。

我很幸运，有这样一位亲戚，跟母亲一样亲，她就是我最亲的亲戚，我的三姨。

我姥爷姥姥的孩子很多，一共十二个，六男六女，所以，我就有六个舅舅，五个姨。三姨是我母亲的姐姐，比母亲大三岁，姐妹排行第三。三姨十几岁就参加了工作，学的是汽车修理。她的手艺特棒，是厂里的技术骨干。

三姨很善良，对家里的弟弟妹妹多有照顾，自己成家了，有了孩子，也依然如故。她自己家省吃俭用，却总是给弟弟妹妹一些小的补贴，特别困难的那几年常常给去了甘肃的五姨家寄东西。

三姨有三个孩子，两个男孩，一个女孩。从我小时候，三姨就很喜欢我，夸我聪明懂事，能有出息。我工作以后，每次去天津看亲戚，在三姨家待的时间最长，跟三姨聊天最多。我

很敬佩三姨，她家里家外都弄得特别好。在厂里除了是技术能手，还是文艺分子、篮球主力。在家里，她把屋子收拾得井井有条，干干净净。晚上还要洗洗涮涮，缝缝补补。

三姨对母亲很好。我父亲去世后，三姨到北京来陪了我母亲一个月，把家里收拾得非常利索，还在院子里自己一个人用大水泥砖盖了一个小棚子，可以放很多东西。要知道，她那时已经有 60 多岁了，我看了那个棚子，很感动，也很惭愧。可母亲却对三姨有点儿意见，说是当时姥爷向着三姨，让三姨去工作，让母亲看下面的弟弟妹妹。母亲还说三姨总管着她，老让她早点儿睡觉，早起去锻炼。可我觉得三姨是对的。

母亲得了脑梗，右手不灵活，生活不能完全自理了。三姨为了更好地照顾母亲，也为了给我们减轻负担，就把母亲接到了天津她的家里。其实她家里也不宽敞，而且当时她已经 70

多岁了。

三姨对我母亲的照顾，可以说是尽心尽力，无微不至。为了照顾我母亲，三姨放弃了自己坚持多年的晨练。每天帮她穿衣服，给她弄饭，给她洗衣服，劝她锻炼，陪她聊天，帮她洗澡……就这样，三姨一直照顾了我有病的母亲六年多，而且是在自己 70 多岁的年龄呀。

三姨对我特别好。每次我说把母亲接回来，三姨都不让，说我研究工作太忙了，社会的事情又多，做电视节目，还得出差开会。媳妇还要照顾上学的孩子和年迈的母亲，管不了的，雇保姆也很困难。三姨的无私奉献，和三姨家人的帮忙，为我省了多少时间，多少精力，多少费用！真不知道用什么话语才能表达我对三姨和她一家人的感激和感恩！在我的心里她早已经成为我的妈妈。

母亲去世后，我年年节假日和三姨的生日，都去看望她，孝敬她，为她祝寿。看到她健康快乐，我感到无比的幸福。

妈妈，中秋节到了，我看您来了！

3. 父亲念物

很多东西，久了，旧了，就扔了。而有的东西，尽管早就没用了，却总也舍不得扔。不但不能扔，还要很好地保存起来。老北京的话，叫留个物念儿。

我家有件东西，它原本的用处早就失去了，但搬了几次家，淘汰了不少东西，它却总是被保留下来。其实，这件东西很普通，就是一台收音机，一台很普通的电子管收音机。它是父亲在生活困难时期花了 40 块钱买的，又从百里之外坐公共汽车抱回来的。自从家里有了这件宝贝，生活真的发生了变化。虽然它没有带来财富，可家人得到了很多快乐。而它对于我的影响简直无法估量。

孤独的时候，它是朋友。在“文革”期间的一段日子，家里常常只有我一个人。而我的这位朋友总是心甘情愿地陪在我身边，为我解闷儿，为我开心。它一会儿弹曲儿唱歌儿，一会儿拉琴唱戏，一会儿讲故事笑话儿，一会儿说相声评书……而我听得是那么专心，那么入迷，就连屋里炉火灭了也不觉得冷，外面天儿黑了也不再害怕，肚子咕咕叫了也能忍得住。

贫乏的年代，它是老师。那个时候，文化几乎变成了沙漠。学校不再上课，图书馆不再借书，只有它还可称得上忠于职守。每当我按时坐在它身边，它就绘声绘色地讲述我喜欢听的那些内容："科普知识""小说连播""阅读欣赏"…… 它总是那么逻辑清晰、带着情感，就像磁石一般把我吸引，雨露一样将我滋润，使我在不知不觉中增强了理解力、丰富了想象力、锻炼了记忆力，对于成长基础的奠定，也有几分功劳。这时，望着眼前蜡烛燃尽的老师，我用心底的声音向它表示感谢。

悲伤的时候，它是慰藉。父亲突然去世后，心里有一种说不出的滋味儿。记得他从我小时候就不喜欢我，而且有时还没有道理地打我。长大以后，我们在情感上也有不小的缝隙，倒不是因为我记仇儿，可能是彼此放大了对方的缺点，或者是大男人之间那种本能的排斥。在他去世前的几天，他在病床上总想和我聊天，我们竟然也能聊到一起，可由于我对他的成见，心里还是感觉不到亲密。没有想到，他突然走了以后，我的记恨一下子就飞得无影无踪，而他的优点却变得越来越突出，对他的好感也就越来越多，尤其是那台收音机。

很多东西，久了，旧了，没用了，也就该扔了。而有的东西，尽管早就没用了，却永远都不扔，因为已经成为极其宝贵的物念儿。物念儿应该是有形的，但那物念儿若不幸从身边消失，实属一大憾事。可在我的心里，还永远地存着那台老式的收音机，而且是在很重要的位置。

4. 亲爱的姥姥

姥姥，母亲的妈妈，妈妈的母亲。妈妈亲，姥姥自然也亲。有时候，姥姥疼人很偏心，甚至可以超出亲缘的关系。我跟姥姥可亲了，那是一种无法表达的亲，因为她给我的是一种说不出的爱。

听说，姥姥打我出生以后，就喜欢抱我，哄我。记事儿以后，我最爱去她屋里，其实也并不只是为了吃的。姥姥她真正像个姥姥，看上去那么慈祥，那么厚道。白白的头发，深深的皱纹，弯弯的脊背，尖尖的小脚。天天手脚不停闲，不是干这，就是干那，自己总是干干净净，家里总是利利索索儿。

姥姥总问我的学习，一看我得了五分，她就眉开眼笑，皱纹里溢出满意和荣耀。说她看人特别准，说我将来准保有出息，有福气。还说她这辈子最疼的孩子就是我。我还记得，夏天晚上在外面乘凉，姥姥怕蚊子咬我，就更多地把扇子的风扇给我。

那个时候，日子艰难，家家儿都不富裕。可姥姥一点也不抠门儿，总是偷偷儿给我吃的。黄黄的杏儿，红红的枣儿，两块儿白薯，一个豆包，还有我最爱吃的大柿子。

姥姥还常常护着我。有一次父亲为一点儿小事打我，我觉得没错就是不告饶。父亲打得好狠，喊得好凶。母亲心疼又不敢拦，只能在屋外抹眼泪。街坊都来了，但是劝也没用。姥姥听见踮踮儿跑过来，一下子把我搂在怀里，父亲才只得作罢。姥姥知道我委屈，把我搂得紧紧的。她脸上留下的泪水滴在我流着泪水的脸上。我紧紧依偎在她的怀里，觉得那么安全，那么温暖。

我常常去姥姥住的屋里。我特别爱看姥姥洗脚，她洗脚好像是一种享受，在脚上摸来摸去，把水撩了又撩。洗完脚，她慢慢儿地把裹脚布缠了又缠，绕了又绕。慢慢地，慢慢地，可认真了，一圈儿就是一个月亮，一圈儿就是一个赤道。

后来，我参加工作了，去姥姥屋里的次数减少了。妈妈说，姥姥常常问起我，让我抽空儿去看看她。可我那个时候，并不太懂事儿，总是忙这忙那顾不上。

后来，我上班更远了，去看姥姥的机会更少了。有一次好长一段时间才回去，没想到，姥姥真的会老，竟然已经不在了，而且被埋在了她的老家。我难过极了，一个人跑到房后的山坡上，望着远方，为亲爱的姥姥哭泣。

其实，姥姥并不是我的亲姥姥，只是邻居家的一位姥姥，我也不知道她叫什么名字。我现在才懂得，亲人不一定有血缘关系。

“亲爱的姥姥，我想您，想您！我到哪里去找您呢？”

5. 我的王大妈

王大妈今年95岁了，身体挺好的，眼神儿还行，耳朵也很灵，可以正常聊天儿。

王大妈是我们家的邻居，我是她看着长大的。她家有六个孩子，四男二女。她家的三儿子是我的同班同学，从幼儿园一直到初中毕业。所以我小时候总去王大妈家玩儿。

王大妈家并不富裕，她没有正式工作，在三八队干过各种各样的活儿，活很脏很累，而且挣钱很少。王大爷在小粮店做领导，挣钱也不多。可是，我觉得王大妈家的日子过得特别红火。不仅是因为人口多热闹，主要是王大妈把家管得特别好。王大妈把家务事儿料理得井井有条，屋子收拾得干干净净，邻里关系相处得和和睦睦。

王大妈很勤劳，干活儿有条理，有门道。她做饭特别好，尤其是烙饼，外焦里嫩，层数特多，看着都香。90多岁了，为了达到高质量，总想自己亲自干活儿。这可能是她年轻时的大优点，也算是老了以后的小缺点吧。

王大妈人很善良，脑子特别清楚，虽然没上过学，但是很有文化，事理清楚明白，在家属区威信很高，可她并不是居委会主任，她做家属区的事情都是自愿的、义务的。谁家闹点矛盾，邻里有啥纠纷，王大妈都主动到场，而且一说就灵。

王大妈对我家特别好，我父母吵架，她分析得头头是道，该批评谁，就批评谁，“老白你的脾气太大”“纯莲你这点儿做得不好”，从不和稀泥，父母都很服气。

王大妈喜欢我，爱和我聊天，总让我吃这吃那，还总夸我，让我的小虚荣增加不少。

这次去看王大妈，聊的时间最长，说得最多，有过去的回忆，有对社会的看法，有对人生的理解……

我真的认为，王大妈有当大官的才能，甚至不比朴瑾惠差，肯定能把国家管理得特别好，因为她有思想，会分析，讲公平。跟王大妈聊天时，我几次想流眼泪。她说我最理解她！

如果有可能，真想再住一天，再多和王大妈聊聊天儿。真想再吃一次王大妈亲手烙的饼。

6. 自家面条自家味

一般来说，自家都爱吃自己家的饭，因为有自己家的滋味。

爱吃什么是有传承的，尤其是男性遗传。祖上是山西的，可能爷爷爱吃面条儿，父亲就爱吃面条儿，我爱吃面条儿，儿子也爱吃面条儿。我们都爱吃炸酱面、打卤面和羊肉煨汆儿面，爱吃的程度几乎和饺子差不多。

母亲不怎么爱吃面条儿，但她的面条儿做得特棒。面要和得讲究，要达到“三光”，盆光，手光，面光。面要特别特别得硬，里面不能有干面渣儿，还要醒得时间长些，一会儿还要揉一次。后来这活儿一般都是我干。母亲擀面的动作特好看，面条儿切得均匀整齐。可以切宽板条儿，也可以切比挂面还细的儿童面条儿。切完右手把上边的面一拨，弄成一撮往起一拉，左手在面条中间儿一掐，就捋成一绺儿。然后重复，又一绺儿，又一绺儿，是我见过的最好的手擀面。我觉得后来可以切得和母亲的差不多了。

父亲吃面条儿特别逗，我们吃普通的切面，他却要吃柳叶面，就是把擀好的面切成一寸宽的长条儿，然后再把长条儿按柳叶宽窄斜着切，然后一抖落，柳叶面就做成了。而且他的面总是最后才煮。那时候我已经吃得饱饱的了，可看着他的柳叶儿面片，还是馋馋的。后来我想，他的柳叶面是一种文化趣味呢，还是一种艺术审美？

其实，面条儿的香，主要还不是其本身，拌什么才是最重要的。父亲炸的酱，打的卤，做的羊肉汆儿，和他做的别的菜一样，一样棒。

炸酱，老北京炸酱，有很多人会做，有很多人都说自己拿手，但我吃过的，父亲做的绝对是一流，我家的亲戚，我的同学同事吃过的，也都说是最好的。当然，也包括后来我做的，因为我在继承的基础上又有了创新，例如放大料是从天津小老姨那里学的，而加两遍葱蒜则是我自己独创的。炸酱，先是选肉，要选肥一切的五花儿肉，肥瘦各一半，一斤左右吧。把肉皮、肥肉和瘦肉分别切成七八毫米的方丁儿。黄酱最好是六必居的，爱吃甜的也可以放一袋甜面酱。姜切成细末儿，葱蒜要多，两头蒜，一大棵葱。锅里放上油，要多一些，二两左右吧，接着就放五六个整个的大料，肉皮同时放入。油热后，降为小火儿，炸一会儿，见肉皮有些发黄，就可以放肥肉了，同时把火调大。肥肉要炸得适度，既出了油，又不能出得太多。然后放瘦肉，等到瘦肉完全变色，六七成熟，就放上姜末和一半儿的葱蒜，搅和几下就放甜面酱和调好的黄酱。黄酱要适当调得稀一点儿，水要一次放足，中间不再加，这样酱中的肉嫩，酱的味道也更好。如果酱的颜色不够深，或者为了调味儿，也可以放些酱油。酱放入以后，开始调大火，等酱咕嘟起来，就改成小火儿，小到油冒泡，但又不溅出锅去为宜。就这样用文火煨着，要二十分钟到三十分钟，中间还要不停铲底儿，不能煳锅。等把酱彻底炸透，酱的颜色变黑，油都从酱中飘出到酱上面基本就好了。这时候再放上一遍葱蒜，马上就出锅，酱是黑的，上面浮着绿绿的葱，白白的蒜，油亮油亮的，看着就好看，吃着也更香。酱里的肉特香特香，偷偷白嘴吃一块儿酱里挑出的肉，可以香到心里，可以回味好几天。而酱里的葱蒜和肉一样地香，特别是刚刚炸出来的时候，甚至比肉还香，所以炸酱一定要多放葱蒜，不光为了好看。炸酱拌面好吃，拌米饭，蘸馒头，蘸蔬菜，也都特别好吃。

打卤，不知道什么地方什么时候发明的，我最早见到吃到的就是父亲和母亲打的卤。父亲的做法是北京的，母亲的做法是天津的。不过除了用料有所不同，大致都差不多。打卤的料有五花肉，鸡蛋，上好的黄花儿和木耳，也可加少量的上好的干蘑菇或鲜蘑菇，当然还要有大料和葱姜蒜。天津做法儿还要有香干儿和面筋。打卤的肉与炸酱的肉一样，也要肥瘦搭配的，去皮后切成一厘米多宽的成薄片儿，肥瘦要连着。黄花儿木耳蘑菇要先泡过，然后黄花儿去根儿中间拦一刀，木耳去根儿撕小，蘑菇切成丝儿。如果加香干儿和面筋，也都切成丝儿。油放得要适当多一点儿，和炸酱一样，凉油就放上大料，油热后放入肉片儿和葱姜蒜，然后加入其他配料，黄花儿要晚些时候再放，否则就太烂了不好吃了。翻炒一小会儿，让配料把油吸进去，然后再放盐和酱油，可以少放一点儿糖，口感更好。加上足够的水，这时候放黄花儿，水开了以后，加上淀粉，要适当稠一些，能挂住面，最后再甩上鸡蛋。手艺高的，鸡蛋是薄薄的大片，稍微搅一下就可以，不要把鸡蛋片弄碎。卤要做得多，不要太咸，拌面时可以多放，吃起来那叫一个香。我儿子觉得，打卤里的黄花儿最好吃，我做的时候就多放一些，他还要再多挑一些。可我小时候，浇卤都要父亲给盛，不说不能老抄底儿，把肉都捞走了，特别是指我。

煨汆儿面做着简单些。先把肥瘦的羊肉切成薄片儿，然后放上葱姜蒜、盐、酱油和香油放边上味着。等面条快煮好时，手擀面就是第二开时，放进去味好的羊肉，搅动均匀，锅再开了就熟了。注意时间不能长，羊肉老了就不好吃了。煨汆儿面里的羊肉要是能多些，那个好吃劲儿可以超过涮羊肉的。

父亲和母亲都已经走了，但他们做的面条儿在我心里，依然还是那么香，而且越来越香。

7. 感言十八

十八，你都十八啦！有时候，你还像个孩子。

十八，你的确十八了，我们的头上已生出了不少白发。

十八岁，你已经懂事了，不知道该对你说些什么。

无论多大，你还是孩子，我们还想说一些你早就听烦了的话。我们知道，也因此难过，这样和你说话的机会不多了，也许永远没有了。

十八年前，你刚刚生下，我们用了一个月的时间，给你起了这个名字——斯达。那时候，我们年轻；那时候，我们很傻；因为我们想让你的名字，能把我们所有的希望，所有的祝福都容纳，都表达。斯达，斯文，通达，顺达，康达，发达；斯达，司汤达，一个大作家；star，一颗明星，闪耀光华；cedar，一棵雪松，坚韧挺拔……

十八年中，我们太传统，我们太投入，我们想让你学会多多的技能，想让你积累多多的文化。你刚会说话，就教你背唐诗，就教你说英语；学龄前，就教你下象棋，下围棋；后来又教你骑车、游泳、做作文——

很高兴，你一天一天长大了；很遗憾，你后来不跟我们学了，你父亲的围棋、写作和英语在你那里不再有用武之地……

现在，我们常常感到自责，我们常常感到内疚，因为我们对你的教育很失败，我们在没有办法时，曾经动手打你。其实打的时候，我们很心疼，现在就更心疼了，因为你也许永远不能原谅我们，我们的自责和内疚可能要长久搅扰我们的余生——

十八，十八，你已经长大了，你和我们说话已经越来越少了，我们的话是越来越多余了。然而，可怜天下父母心，尽管知道话已多余，可常常还想表达表达。

十八，十八，快乐的年华。你已经摆脱了家庭的束缚，得到自己的公民权了。可是，有了权利，同时也就有了责任和义务，千万不要忘了，在享受自由的同时，还要对自己有严格的约束，因为只有处理好自由和约束的关系，才可能走一条正路，才可能有所作为，才可能拥有干干净净、纯纯粹粹、坦坦然然的快乐和幸福。

十八，十八，宝贵的年华。前面的路，你应该能够看清啦。奥斯特洛夫斯基在《钢铁是怎样炼成的》里有这样一段非常好的话，我们这一代人不知读了多少遍，以至于多年之后还能脱口而出："人最宝贵的东西是生命，生命对于我们只有一次。一个人的生命应当这样度过：当他回首往事的时候，他不因虚度年华而悔恨，也不因碌碌无为而羞愧……"

十八，十八，光辉灿烂的年华。海阔凭鱼跃，天高任鸟飞。但鱼儿别忘了洄游，鸟儿别忘了还巢。尽管我们对你有一些不对的地方，但我们还是希望，无论你将来走到天涯海角，也无论你将来怎样飞黄腾达，你不要忘了，这里有你的母校首师大附中，有过你那么好的同学和老师。你不要忘了，就在离你的母校不远的地方，有一个房子，那里曾经是你的家，曾经很对不起你的父母，已经有了白发，而他们只有你一个孩子——斯达！

2002.12.25　于科委宿舍

8. 又见彩虹

那是一个非常时期，恰恰是在SARS期间。那段日子不堪回首，对我来说，当时心头的乌云甚至比SARS的阴影还要浓重。好不容易挨到了临近，也就是快到能够解脱的时候了，情况却骤然恶化，因此我不得不听从夫人的建议：离家出走。

去哪里呢？去找朋友，去串亲戚，还是去同事那里？可是到人家那儿怎么说呢？算了，还是自己扛着吧。于是终于决定去公园，尽管是被迫无奈，没准也能调剂调剂心情。年已近“知天命”，工作最多，家务事最多，的确感到有点儿累，有些烦。现在虽是被迫出家，但不管怎么说，毕竟变相有了一个精神放松的机会。

六月一日那一天，是一个星期天，家中仍然紧张，SARS仍在肆虐。一大早，我又无奈地走出家门，虽然前一天回来很晚，睡得很少。

街上冷清清，很少行人，很少车辆，很少声音。

今天去哪儿呢？近处的玉渊潭去过了，紫竹院去过了，今天去个远点儿的？香山？八大处？植物园？…… 颐和园？对，还是颐和园吧，它是我去过的所有公园中我最喜欢的一个。

坐上几乎等于是专车的公共汽车，带着一种压抑的心情，迷迷糊糊，不知不觉，很快就到了颐和园。买了门票，三十元一张，觉得稍微贵了点儿。可是一进了园，我觉得三十元实在太值了，不仅因为颐和园的美，还因为这样大的一个园子，现在好像真的就只有我一个人。

独自顺着湖东岸向南走，心情渐渐好了起来。蓝天白云，杨柳依依，湖光山色，声声鸟鸣。好美，好爽，好静，好幽。原来只要略作调整，生活就可以如此之好；原来只要稍微改变一下环境，可以将烦恼抛到九霄云外。

走啊走啊走啊走，走上西堤，走到后湖，走上后山，走向谐趣园…… 一路走去，什么也不想；一路走来，处处好风光。

来到万寿山前，来到知春亭里，来到十七孔桥上，来到龙王庙坡顶。已经是中午了，坐下来歇一会儿，但一点儿也不渴，一点儿也不饿。环视着四周的湖水，心潮起伏，情不自禁开始回忆往事。

记得我第一次来颐和园，是我的两个女老师带我来的，她们的家就住在北京城里，而我那时候是住在远郊区。那是在1970年，我还在上中学，是初二完了的暑假。那天我们划了船，游了泳，照了相，相片还在，记忆犹新。那时候多好啊，青春浪漫，无忧无虑。

从第一次，我就特别喜欢颐和园。后来又来过不少次，带着我的学生，领着我的亲戚，陪着我的外国朋友。我喜欢颐和园，今天我又来了，但不是情愿的，是出于迫不得已，有些尴尬，有点儿滑稽。

悠悠岁月，步履匆匆。转眼间，大半生已经过去了，岁月还是悠悠，步履依然匆匆。生活呀，你的目的到底是什么，已经想了几十年，到现在还是没想明白，也没请教清楚，所以依然是糊里糊涂，所以依然是庸庸碌碌，而且有时候竟然还会这般凄凄苦苦。

嘿，还是不去想它吧，可能生活原本就是如此。起来吧，路还要走，生活还要继续，尽管不知道会走到哪里，不知道会遇见什么。

离开龙王庙，向着更加僻静的西湖的西岸走去。以前我从没有去过那边，那边可能会有新的天地。

的确如此，西岸那边很少人工，很少人行，因而更加自然，更加朴素，更加幽静。顺着西岸，来到织耕园与西堤相接处的一片荷花塘的边上。这里僻静极了，只有如镜的水面，只有多姿的树木，只有各种的虫鸟，而没有多少人影，也几乎听不见人声。大概是由于这些缘故，与颐和园鲜花盛开的春光、红叶飘落的秋韵和白雪皑皑的冬景相比，此时此刻我更爱她绿色满园的夏日。

看看时间，已经是下午两点多了，还是不渴，还是不饿，只是觉得有点儿累，就坐在向南的一个长椅上。

坐在椅子上，我欣赏着这个赏心悦目的“植物园”。身旁是茵茵繁茂的绿草，头上是轻轻摇摆的柳枝，近处是累累果实的桑树，水边是葱葱茂密的芦苇，湖里则是刚刚从水中露出笑脸的落落大方的荷叶。到处都是绿，绿得让人恬静，绿得让人动情，绿得让人舒畅，绿得让人沉迷。

坐在椅子上，我聆听着这个悦耳动听的鸟世界。从他们的叫声里，我能听出他们的性别、年龄和性格：柳枝上的麻雀是淘气的小小子，芦苇丛中的苇咋子是欢快的小丫头，荷花叶上的白水鸟是温柔害羞的少女，杨树顶上的喜鹊是欢乐的小伙子，远方林中的布谷鸟是悲哀的寡妇，静静水面上的野鸭子是寡言少语的大男人，天空不时飞过的大雁是饱经沧桑的老爷爷。这些鸟儿的多声部合唱，就是最自然最美妙的音乐会，他们那低婉忧伤、高亢悠扬的歌声，能够使人排遣烦闷，使人享受情趣，使人理解生活，使人感悟人生。

坐在椅子上，看着眼前迷人的景色，听着耳边醉人的歌声，我真的着迷了，我真的沉醉了。这不正是我所憧憬的生活，我所希冀的乐园，我所寻找的仙境吗？此时此刻，这偌大的颐和园都是属于我的，我就是世界上最最富有的人；此时此刻，我全部的身心都是属于颐和园的，我就是世界上最最幸福的人。

坐在椅子上，看着看着，听着听着，想着想着，我不知不觉睡着了。睡得好香，睡得好甜，睡得好不舒服。我做了一个梦，一个一生中最美的梦。我梦见我家有一个世界上最美最美的大园子……我坐在园中的椅子上，看着眼前美丽的景色，听着耳边美妙的鸟鸣……想着生活中那些美好的事情，就不知不觉睡着了。……现在想起来，多希望能那样再睡一次，或者能常常那样睡着。

忽然，我觉得身上有些凉，醒来睁开眼，原来是起风了，下雨了，不过开始只是徐徐的风，稀疏的雨。看看表，已经是六点多了，有点儿渴了，也有点儿饿了，不过我没有动，因为还不能回家。我还是坐在那里，还是尽量保持着好心情。这轻风细雨也挺好的，它们可以增加一种情境，一种味道，一种乐趣。生活中需要阳光明媚，生活中也应经风历雨。不是吗，因为风雨将至，柳枝开始舞动，荷叶也摇起头来，苇咋子更加欢快，布谷鸟却更加哀愁了。

忽然，西山那边传来雷声，风和雨就一下子都大了起来。我赶紧站起身，快步向西堤的亭子走去。刚刚走到镜桥，狂风大作，暴雨倾盆，天黑得实在可怕。虽然是在亭子里，但是风从四面刮来，雨从八方扑来，没有地方躲，没有地方藏，我可是真惨了。赶忙掏出薄薄的一次性雨衣，可是刚一打开，马上就被刮碎了。没办法，只好任凭风雨向我施虐了，于是就靠在一个柱子上，双臂抱在胸前，两脚一动不动。风越刮越猛，雨越下越大，雷声越来越响。柳树疯了一般，使劲晃动着身体，像是在挣扎，又像是在挑战，其代价是不断有树枝折断。湖岸边有一只小船，已经被刮到了湖心。刚才直立的荷叶，这时候都趴到了水面上……

此时的颐和园，此时的世界上，好像真的只有我一个人！我是那样的无能，那样的无助，那样的无奈！我害怕了，我瑟缩了，我担心了，我后悔了！

然而这样待了一会儿，我逐渐镇定起来。不就是风吗，不就是雨吗，有什么可怕的！那首歌怎么来着——“不经历风雨，怎么见彩虹！”

果不其然，风开始小了，雨渐渐停了，雷声隆隆地走远了，天也很快亮了起来。我向西山那边的天上望去，阳光已经破云而出，金光四射，光彩夺目，那么亲切，那么温暖，那么充满活力！湖面上那只小船已经不动了，荷叶一点儿一点儿重新站了起来，鸟儿又叽叽喳喳地叫开了。转过身来，向东湖望去，湖面已完全恢复了平静，万寿山也重新站了出来。突然，我听到有人喊：“彩虹！彩虹！”赶快转头寻找，啊，看见了，就

在北宫门的上方！“彩虹！太美了！太美了！”正在看着那道彩虹的颜色变得越来越重的时候，又有一道彩虹出现了，而且就长在那道彩虹的外面。“啊，双道彩虹！双道彩虹！一生中还从来没有见到过！”突然想起上午路过此桥时见到的李白的诗句：“两水夹明镜，双桥落彩虹。”天底下竟然有这么巧合的事，我躲雨的这个桥亭，它是因为大诗人的这两句诗而得名“镜桥”，而现在这里真的出现了彩虹，而且还是双虹。不知道历史上是否有过，我今天有幸正好赶上了，真是太巧了，真是太难得了。我不会作诗，但眼前的景象就是：“绿堤映两水，镜桥照双虹。”作家弗·汤普森在他的《落日颂》中说：“在人生的泪雨中升起的彩虹最绚丽。”

我真希望，那两道美丽的彩虹能够永久地挂在天上。但遗憾的是，它们一会儿就不见了，天也慢慢黑了下来。我也只好从天上又回到了人间，很不情愿地往家里返。到家的时候，已经十点多了。

明天，明天去哪呢？以后，以后的以后呢？

我真希望，我的家中也能在风雨之后，又见彩虹。

9. 朋友

人生就像一片天，自己就是一朵云。
云遇到了云，心遇到了心。
有的云走了，没有留下心。
有的云还在，成为有情人。
云慢慢地远去，心幽幽地贴近。
人生就像一片天，朋友就是一朵云。

10. 发小情谊

发小情谊，我的发小不同于普通的发小，我们的家属区只有几个院，但每家儿都是好几个孩子。所有的小孩儿，大大小小都很熟，差不多一般儿大的就更熟了。

那时候不讲学龄前教育，没有这个班儿那个班儿，小孩儿们成天除了玩儿还是玩儿。我们玩得花样很多，各种各样的游戏，跳皮筋，克房子，玩打仗，捉迷藏，去挖野菜，去大河洗澡。我们去的地方很多，也很远，部队，工厂，生产队的大场，附近和远处的山上。

现在想起来，那时候很穷，经常吃不饱，穿得也不好，但是玩得好，没有学习的压力。我们当时的发小群儿，就是一个小集体，小组织，也有自然形成的小头头儿，小军师。每次玩什么，去哪儿，都是大家商量，非常民主。我们在玩耍中不知不觉学到了很多东西，得到很多锻炼，智力的，体力的，技能的，勇气的。

那天在建光家聚会，我们还说起小时候的一个故事。秋天的一个下午，哥儿几个正在我家玩，听说晚上部队要放电影，这可是我们最喜欢的。可是，人家别的孩子们看电影时常带好吃的，我们很眼馋。于是，我们中就有人说："咱也得带点什么呀！"可过了半天，谁也都没说出来谁能带什么。这时，有一位出了主意，咱们炒点棒儿豆吧。于是，按照他的计划，我们擦黑儿就分别去了家属区北边的棒子地。在那里开始都假装解大手儿，各自选好目标，找好个头儿大，又不太老不太嫩的。然后听到一声"上"，就都一下子蹿起来，咔，咔，一人两个，揣在兜里怀里，赶紧溜出了棒子地，又分开先后到了我家。因为那一个时期，我家就我一个人。棒豆儿炒完了，就该分了。这时小雪就说，这么分不成，不一边儿多，拿你自己做的小秤儿来。我们就一小秤儿，一小秤儿地均等地分成了六份儿，自己装上就去学校操场看电影了。路上我们边走边吃，可高兴了。坐在那里看电影的时候，我们的棒子豆儿香味儿，让坐在边上的小朋友们可羡慕了，我们的得意比棒子豆儿都香。那晚演的什么什么电影，谁都想不起来了，可那棒子豆儿香味儿又一次闻到了。

我们就这样玩着一起长大，幼儿园，小学，中学，也都是在一起，不少伙伴一直都是同班。而我们哥儿六个：小雪，小光，大锁，会武，老羊和我，住得最近，一块儿玩儿得最多，所以更要好。从初中毕业参加工作，我们一到周末或逢年过节，都要凑到一块儿，而且都不带着女朋友，结婚后也不带着夫人。我们都住家属区时，聚会很容易。到一起就聊天儿，打三先儿，喝点儿酒，开玩笑，经常是半夜一宿的。有一次在我们家，我们六个人睡一张双人床，横躺竖卧，把床板都给压坏了。后来大家住得远了，每年都要聚一次的，轮流坐庄，吃饭大多都是在家里。现在哥儿几个都退休了，按照会武的提议，每年开始聚两次了。

我们发小儿在一起，比亲兄弟还亲，说不完的话，尤其是说起小时候的事情。就这样，我们已经从发小变成了发老儿。

11. 红房子

回忆往事就会想起故乡，想起故乡就会回忆往事。“百年为客老，一念爱乡深。”我把红房子当成故乡，常常想起它，想起那些往事，有时还在梦里。

怎么是当成故乡呢？因为有些人是没有故乡的，他们只有老家，但从来也没去过。爷爷是从山西来的北京，做的企业。我父亲在东四那儿长大的，和我母亲结婚也在那里，可解放初就离开那儿到了房山。我是在坨里生的，所以就把故乡认作了坨里。在坨里的红房子家属区，我度过了儿童和少年时期，也留下了许多美好的记忆。红房子是京西矿务局房山煤矿的家属区，由 5 个三合的院子组成。其中 4 个院子很规整，分坐东西，两两相对，北边有一个小院儿。家属区总共有 80 多户，500 来人。

红房子原来是工人宿舍，所以每间房子都是一个木板大通铺，占了屋子的将近一半，而基本上一家只住一间，所以都是一间房子半间炕。院子中间有一圈是自家盖的小厨房，小厨房的后面是空场。那里拉着铁丝可以晾衣服，也可以摊煤球儿，摊煤跰儿。那时候没有蜂窝煤炉子，更没有煤气灶。烧煤都是原煤。大块儿的硬煤要砸成小块儿。煤末子就得摝成煤球儿，摊成煤跰儿再用，或者用湿煤。

烧火很费劲儿，还容易煤气中毒。而吃水都要到两个院子中间的水井中去打，到了20世纪60年代中后期才有了自来水。上厕所就更不方便了，无论刮风下雨下雪，都要到周边的公厕。这样的大杂院，居住条件很差，各家儿的经济条件也都不太好。可现在回忆起来，那时候伙伴很多，学习不紧张，无忧无虑，快活极了。

近邻胜远亲。觉得那时候美好，因为邻里的关系好。那个时候兴串门儿，邻居家可以推门就进，不需要任何理由的。大人串门儿，小孩也串门儿。白天串，晚上也串，几乎有一半的时间都是待在别人家里。有的时候，时间待长了，赶上饭点儿，被人家一让，要是不客气，就在人家吃了，小孩子总觉得人家饭更好吃。现在邻居都不串门儿了，楼房一起住邻居多少年，一句话都没说过。儿童更不串门儿了，儿童社会消失了，交往机会和乐趣失去了很多。

那时邻居们爱串门儿，也爱互相帮助，互通有无。要好的邻居经常互相送好吃的，几个粽子、年糕、元宵等自己家做的又不常吃的，还有核桃、榛子、柿子、栗子、花生、白薯等土特产。也经常互相借东西，借钳子改锥，借气筒子，借上房的梯子，借熬药的罐子。但熬药的罐子不能还，要等人家来要。还可以互相要东西，做饭的时候，少了葱姜蒜，少了酱油醋，就到邻居家去要点儿，不用还的。还互相借钱，不过都不多，开支马上就还。

大人小孩儿见面都爱开玩笑。我父亲性格开朗，学过相声，特别爱和人家逗，人缘儿好。见着大人，他就“怎么着，老李，又弄二两？什么好菜呀？”见着我们同学，他就逗，“我说爷们儿，考试及格了吗？”大婶儿大妈们也爱开玩笑，不过都是和男的开。有一次，南院的几个媳妇儿给一个老爷们“看瓜”了，就是把他裤子给扒了，然后把他的头塞进了他自己的裤裆里，再系上皮带，他自己出不来的。

侃大山也特别好玩儿，都是老爷们的本事。有几位特别能侃的，夏天晚上吃完饭，在空场摆一壶茶，拿一把大芭蕉扇儿，就开始抡圆了侃起来，周围一圈儿多半都是半大不小的男孩子。那几位也没上过学，也不知道他们怎么知道的那么多，古往今来，天南地北，神乎其神。什么大五义，小五义，三侠五义；秦始皇，岳飞，戚继光；刘关张，诸葛亮；义和团杀洋人，二十九军大片儿刀；还有一些神鬼的传说。虽然故事都是支离破碎，缺头少尾，但我们也学到了一些知识，也是一种文化享受。很可惜，这样的侃大山，这样的大人和小孩儿的和谐，这样的消暑纳凉，可能再也没有了。

不光听大人侃山，我们孩子们还有自己的快乐。多少年过去了，回忆最多的，是童年。多少年过去了，感觉最好的，是童趣。童年没有逝去，童真还在继续。童心青春永驻，童趣永远痴迷。那时候的游戏很多很多，一说就是一大摞。

拽沙包，羊拐抓。藏猫猫，过家家。

打克铑，丢手帕。洗河澡，捞鱼虾。

推铁环，冰车划。玩打仗，雪里爬，

逮蛐蛐，捉蚂蚱。追蝴蝶，抓青蛙。

跳皮筋，克房子。踩高跷，骑大马。

打弹弓，飞刀滑。摘桃杏，爬西瓜。

“故乡何处是，忘了除非醉。”我们把红房子当成故乡，常常想起它。那年还一起专门回去了一次，红房子正在拆，我们的故乡只能存在心里了。“望故乡，都将往事，付与啼鹃。”

12. 美感之师

老师，教我们知识，也教我们做人的道理。然而，很少有老师教我们如何审美，如何美地生活。很幸运，我有这样的一位老师，他用他生活中自然表现的美，让我领悟什么是美，他就是阎增顺老师。

上中学的时候，他教我们体育。肤色有点儿黑，但是挺帅，性格特别好，天天总是笑呵呵的。他在课上教我们单杠、双杠、跳马、跳箱前滚翻、后滚翻；起跑、途中跑，换气，冲刺；跳高、跳远、铅球、铁饼、标枪、手榴弹……我学得很认真，在唯一的一次学校运动会上，我得了跳高和手榴弹两项冠军。

我们最爱上的课是篮球，他教得也最起劲儿：球怎么握，怎么运，怎么传，怎么掩护，投球的姿势，发力的顺序，急停跳投，变向过人…… 因为喜欢，我和建光学得最好，也玩儿得最好，他就经常叫我俩做示范。我俩学得好，打得也还可以。他是他们厂队儿的，我参加的学区教师队儿，还拿过区的冠军。上大学时，我们英语班也是学校的冠军。

阎老师歌儿也唱得好。他还代过我们音乐课。他教我们学简谱，教我们打拍子，教我们唱特别好听的歌儿。现在那些美妙的歌曲我到现在还会唱，还在继续影响着我。那些歌曲的轻重缓急，抑扬顿挫，婉转悠扬，给我美的欣赏，美的享受，美的陶冶。

阎老师的军号吹得也好，每次我们军事演习，他的冲锋号一吹，我们就被他的号声激励，总是想冲在最前面。还有，阎老师的草叶吹得特别神。一次劳动休息，我们以为身边儿有鸟儿在唱歌，他也在草丛中那儿找来找去。后来我们才发现，原来声音就是他嘴里发出来的。他把这个技艺也教给了我们，我还真学会了，在我领着我的学生劳动时，在和同事旅游时的山坡上，我也给他们弄上一段，虽说也受到喜欢，但技艺还是比阎老师差很多。

阎老师的字也写得特好。可以说，在整个那个地区都应该是最好的了，因为那时公共场合所有的字，大街上的标语口号，单位名称的牌匾等，几乎都是他写的。那时候，学校的板报都是我和海晨几个一起出。我模仿阎老师写的黑板报大标语“千万不要忘记阶级斗争”，还受到过老师的表扬，给了我很大的鼓励。因为常常在阎老师的办公室里，有时候，他写的时候，我就在他的身边。从他那里，我第一次听说什么是草书、行书、隶书，什么是仿宋字，谁是王羲之，谁是柳宗元。我问他，您的字属于什么体，是怎么练的呀？他说，也不算什么体，就是喜欢，看见人家美的字，就认真观察，模仿练习。阎老师的美，就像他的打球，唱歌，游泳，走路……

在我们学生眼里，特别是在我眼里，阎老师简直就是一个美的化身。甚至那些年轻女老师对他的美也非常欣赏。有一次和一位女老师聊天儿，说了很多关于美的问题，我说她的舞蹈跳得很美，她说是吗，舞要跳得美，首先要心里有美。你看阎老师走路很美，你应该学一学。噢，我一观察，还真是的，以前只看到他打球美，写字美，没有注意他走路也很美。我还就真的开始模仿他走路的姿势，但因为心里美的程度不够，对美的理解不深，要把它表现出来就很困难了，因此到现在我对自己的走路姿势美不美，还一直没有自信。可能还是有一小点儿美不叽的吧，但总也不能达到阎老师走路时那种自然的美，大方的美，协调的美。“美是人自己从他的灵魂深处创造出来的。”①

毕业以后，很少见到阎老师。听我的同学建光说，现在阎老师住良乡。哪天一定去看看他，感谢他给我的美育，使我也有了对美的追求。

我有一个很天真的想法，要是爱美的人都在一起生活该有多好啊！“当美的灵魂和美的外表和谐地融为一体，人们就会看到，这是世界上最完善的美。”②

① 高尔基：引自《美的格言》，摘自《人类智慧宝库·西方智慧卷》，改革出版社 1992 年版，第 4 页。

② 柏拉图：《理想国》，摘自《人类智慧宝库·西方智慧卷》，改革出版社 1992 年版，第 4 页。

13. 艺术还是人品

2005.5.8 凌晨

夜里，梦里，总在想一个人——

白天，八宝山，参加了他的追悼会，很多很多的人。

灵堂里，他，在那里望着我们笑，那么快乐，那么亲切，依然活着，继续和我们一起聊天儿。他的心情，如同一次平日见面那样的轻松。

遗体前，我们，在那里看着他哭，那么悲伤，那么留恋，向他鞠躬，和他做永久的告别。我的心情，仿佛当年悼念周总理时一样的沉痛。

睡梦中，总是看见他的笑脸，总是和他一起聊天儿，心里是那样的愉悦，又是那样的难受，醒来才知，已是泪流满面。

这么早就醒了，才是凌晨，虽没了睡意，可还有些迷糊。于是，又看见他的笑脸，又接着和他聊天儿……

他是节日那天走的，噩耗传来，那么突然，有点儿黑地昏天！

他走了，真的永远地走了？——简直无法相信！

他走了，真的永远地走了！……不会把他忘记。

回忆——

和他什么时候见的第一面？是在十年前吧，对，十一年了，是在那次国际会议，我是去做翻译，是在五洲大酒店，那时我还没有来院里。来院后，读过他的文章，跟着他做过文化产业的课题，在学术上他是我的老师。而特别难忘的是，曾和他多次在一块儿聊天儿。

回忆——

和他的第一次聊的什么内容？想不起来了。但却清楚地记得，和他聊天儿，太自然了，不知怎么开的头儿，也不觉怎么收的尾，从始至终，气氛一直是那么和谐，心情一直是那么舒畅，就像潺潺流水，就像和风细雨，就像音乐和声，就像沙滩漫步。这是他给我留下的第一个印象。这印象那么长久，那么清晰，而且每一次和他聊天儿，都会得到进一步加深。他聊天儿的特点和风格，是他的艺术表现，还是他的人品的展示？

回忆——

和他都聊过什么天儿，全然已经忘记。他是院长，平时见面不是很多，但每次见他，都不觉得是见了院长，却是像见到了朋友，或是兄弟。真的，总是这样一种感觉，但一直也没想过是为什么，直到他现在已经走了，而且是永远地离去。

有的人，总是和他见面，却总是感到生疏，不管他是同事，还是亲戚。而他是领导，按传统论又是长辈，可总觉得那么亲近，心里头没有一点距离，特别愿意和他聊天儿，因为看得出来他很愿意和你聊天儿，而且非常主动。和他聊天儿，真是一种享受。为什么会有这种感觉？他聊天儿的魅力，是他语言表达的艺术力，吸引力，还是他真实人品的亲和力，感染力？

聊天儿，他的聊天儿，是一种高超的艺术，更是一种高尚的人品。这就是他——总是尊敬他人的，因此也就更令人尊敬的高起祥院长，给我留下的最深刻的，最朴实的，使我终生难以忘怀的美好印象。

他，总在那里望着我笑，那么快乐，那么亲切，依然活着，继续和我一起聊天儿。

千古——高起祥老师，我永远的聊天儿伙伴！

14. 戴爷于我

戴爷是真实的故事，也是一个传说。

“友谊是一种生长缓慢的植物，它只有嫁接在彼此熟识、互相敬爱的枝干上，才会枝繁叶茂。”[①]

能和他相识、相知，是一种缘分。最初认识戴爷，是桥牌作的桥。可怎么去的社会学所，又怎么开始和他们一起打桥牌的，全都忘了。但我记得，那时候，我刚学桥牌不久，技术很一般，可戴爷的桥牌已经打了多少年了，跟他搭档时，我总能受到鼓励，也就总能超水平发挥。因为玩得愉快，也就自然而然有了一些了解。再加上只要有机会儿就愿意和他聊天儿，在一起开会时，在一起旅游时，有时甚至一夜一夜的，没有主题，漫无边际，但他学问渊博，见多识广，表达清晰而又有逻辑。和他聊天儿对于我不光是学习，也是享受，同时也增加了对他的了解，对人性、人生和社会的感悟。

① 切斯特菲尔德：《书信录》，摘自《人类智慧宝库·西方智慧卷》，改革出版社 1992 年版，第 334 页。

戴爷是江苏扬州人，很有南方人的精明，他也喜欢老北京的文化，爱称几个人为爷，像原来社会学所的郑也夫——郑爷，历史所的李宝臣——宝儿爷，满学所的金起平——金爷，历史所的孟固——孟爷…… 噢，也包括我——白爷。戴爷他很有趣，有些地方也挺矛盾的。他首先是一个非常有学问的学者，但爱骂人，笑称自己是口头流氓派。这对于我，很尴尬，不会应和，只能在他大声牛 × 牛 × 的时候，附和他说“牛，实在是牛！”他特爱讲理儿，也爱较真，这一点儿我有点儿像他。但他的脾气很大，生起气来一发火，真让人都挺害怕的。戴爷个子很高，人也很帅，但不爱捯饬，可能是观念的事儿。他批判资本主义，但却喜欢喝可乐，吃奶酪。他精力充沛，干起活儿来或者玩儿起来，可以两天两夜，补起觉来，也能睡上一天一夜。他体力特别好，六十岁的年龄，走路如飞，二十多岁的小伙子也很少有人能跟上他，但体力很有点儿严重透支，很让人为他的健康担心。这就是社科院我所了解的戴爷。对于别人，可能他就是一位很普通的人，但戴爷对于我来说，却是非同一般，非同一般。

戴爷于我，是事业上最好的一位老师。他出生在书香门第，父亲是商务印那书馆的老人儿，很有学问，使他从小就受到很好的学术熏陶。他本人是清华附中的老高中生。恢复高考后，他在清华大学学的力学。由于喜欢社会学，就在 20 世纪 80 年代初早早改成了社会学，而且学得非常系统、扎实。由于有理科的基础，他搞的是社会学的事实证研究，准确地说是私人企业研究。戴爷的文章写得很讲究，有许多问卷、数据统计、定性和量化分析，观点鲜明，论证严谨，而且很讲文法，很讲逻辑，还很有文采。而我原来是教大学英语的，社会学是我的新领域，所以经常有问题向他请教，听他的观点和分析，例如在我的社区文化研究、城市比较研究、人口调控研究、利益问题研究等方面，他都给了很多很实际的帮助。他是真正的社会主义学派的学者，更是真正社会主义美好理想的实践者，因为他热心助人，给社会以温暖、以美好。

戴爷于我，是老师又是朋友，对于我来说是一种幸运。他是我事业上最好的朋友，我到社科院遇到的很关键的事情都得到了他的帮助。比方说，工作的事情，他义不容辞，课题立项和结项他给做专家指导，给找书，找材料，带着参加学术会议。请他给建立一个指标统计的计算公式，也占用了他大半天儿的时间。当然，有些事业成功方面上的事情，他也心有余而力不足，或是心有余而力也足，可就是条件不具备，事情还是有办不成的时候。他帮我也有几次这样的情况，我很理解，因此有同样的感激，因为用心的尺度衡量，过程有时候比结果更重要，心到了，情义也就到了，特别是当这种帮助可以给你仅有的一点儿自尊的时候，那种感激已经远远超过结果的意义。

戴爷于我，也是生活中的朋友。“君子见人困则矜之……”①除了桥牌玩儿得来，有些私人的事情，他也是尽心尽力，态度极其热情，出的点子非常高明，事情的结果往往都特别令人满

① 韩婴：《韩诗外传》（卷二），摘自《人类智慧宝库·中国智慧卷》，改革出版社 1992 年版，第 373 页。

意。可这些帮助占用了他很多宝贵的时间和精力，我很感激，常向他提起要报答，而且也确实找了一些机会，有过一些实际行动，可他却只是淡淡一笑，先问一句："干嘛？"然后，就说："不可以，不可以。朋友吗，真的不可以！"这也让我真的没有办法，我是个知恩必报的人，但他是个坚决拒绝报恩的人。在这一点上，我俩正好顶上了，但我终归拧不过他，也只能常常怀着一颗感恩而又愧疚的心了。也许好朋友之间真的不用报答，也许君子的交情真的比水还纯净？在他那里，的确是这样的，也是社科院不少人都共知公认的。他爱帮助人，不只是对我，周边的同志，凡是可交的能帮的，无论年轻的、年老的、中年的，还是男的女的，中国的外国的，他一律都帮，而且一律没有所图，一律拒绝回报。

戴爷于我，还是旅游的好伙伴。他去过国内几乎所有的省市，去过国外几十个国家，而每次出行之前，都要很认真地做好所去地方的资料收集、整理和阅读熟悉。那次跟他去扬州老家开会，他居然提前几天回去踩点儿，具体安排日程和详细内容，就是对旅游景点儿的介绍，他比专业的介绍还多，还全，还有意思，说明他之前做了很多功课。我们一起去黄山，一起去越南柬埔寨，一起去埃及，他都是如此。不过我跟他略有不同，他更喜欢人文，我更喜欢自然。不过作为朋友，这样的差异也很有好处。如果我也能算君子，这就叫和而不同吧。

戴爷于我，绝对是良师益友。他是我到社科院的一大幸运，也是我人生的一大幸运。“交情老更亲。”[①] 他现在太忙，等我们都退休后，就能常常尽兴地打桥牌了。

在我这里，戴爷的传说还在传说。

在我这里，戴爷的故事还在延续。

---

① 杜甫：《杜少陵集·奉简高三十五使君》，摘自《人类智慧宝库·中国智慧卷》，改革出版社 1992 年版，第 411 页。

15. 孟爷其人

孟老师，我社科院的同事，也被称为孟爷，也是一个有梦的人。他比我大几岁，属虎。我们不在一个所，却经常在一起，在一起做课题，在一起喝酒，在一起聊天儿，偶尔也在一起玩玩儿纸牌和麻将。

我俩能常在一起，因为都有一个文学梦。人们叫我俩“白孟——白梦”，善意地开我俩的玩笑。但很少人知道，我俩真的在做同一个梦。可惜是“白孟——白梦——白日做梦”，也许终将梦想不能成真，但我俩都把这个梦看得比得到正研职称还重。

我俩能常在一起，也因为他的为人。他的人缘儿很好，尤其是女人缘儿，有人说是社科院最好的。他对女人和善，对男人也可以。“凡人谈学则易，共事最难。”[①] 我们一起做课题，他不偷奸耍滑，也不太计较利益得失，十几年的时间，我俩从

---

① 康有为：《政论集·法国大革命记》，摘自《人类智慧宝库·中国智慧卷》，改革出版社 1992 年版，第 816 页。

没有因为工作分工和利益分配闹过不愉快。其实他也脾气很大，也有主观武断不讲理的时候，争论问题时，他会突然虎目圆睁，吼声雷鸣，令人毛骨悚然，心惊胆战，尽管心里不服，也只能不再言语。但那只是一时，多半是在喝酒后，或者是着急喝酒，很快就会过去。过去后他还能主动圆回来，“认错道歉极快，都不给你发泄一下的机会，而且不许你再说，你要再说一句他就又急了。”这是他夫人的原话。而为了顾全大局，他有时候对有些事情还能承受委屈，不翻脸，不发脾气，实在是难能可贵。说他有不讲理的时候，我也有过于较真的毛病，但是我俩能够相互包容。“如果彼此不原谅对方的小缺点，友情不可能持久。”① 他不太爱张扬，也不太爱表达，甚至有的时候在正式场合发言还有些胆儿小，似乎也不喜欢竞争，但他实际上进取心很强，毅力也很强。我知道的，为了学英语，他下了很大功夫，而且学得相当不错。多年来他还一直天天记日记，一直天天读论语。

我俩能常在一起，还因为他的知识。他是老高中，插过队，做过军垦，还当过工人，经历很多，读的书也多。他在社会接触人较多，信息量很大，感知社会和理解事物的悟性较高，学文涉及的领域也比较多，因此，我总称他孟老师，真是把他认作老师，不是什么假客气。说“三人行，必有我师”，我则是二人在，就有老师，因为无论男女老少，什么身份，什么职业，只要他有比我强的，比我会的，比我懂的，我就会心悦诚服地

---

① 拉布吕耶尔：《众生相》，摘自《人类智慧宝库·西方智慧卷》，改革出版社 1992 年版，第 333 页。

向他学。在社科院中，也许我和孟老师在一起的时候是最多的，尽管我俩不在一个所。

我俩能在一起，还因为能玩儿到一起。我们经常一起吃饭，一起去旅游，外出开会也常住在一个房间。他很爱吃，我俩爱吃的东西也差不多，大肚儿、肥肠儿、萝卜牛腩、酸菜白肉……他爱喝酒，血压高也不在乎，还说喝了就可以降血压，因为喝的时候，血液循环快，可过后再升起来，他就不管了。我不爱喝酒，可没办法，也得陪着喝，不过有不少时候，我把酒公开或偷偷倒给他，因为我不爱喝，也因为他能喝，还因为我怕他没喝够。这样，喝酒时他帮助了我，我也帮助了他。旅游的时候，我俩挺乐和，他给我讲历史人文，我经常考他树的名字、花儿的名字，我俩的心理都得到平衡，都得到满足。他身体不是很强壮，平衡性也差一些。但是游泳很好，我俩在游泳池一游就是几百上千米。在密云，在怀柔，在西柏坡，我俩一起游水库。在北戴河，在秦皇岛，在日照，我俩在大海里乘风破浪，游出去很远，非常惬意。有时海浪太高，他还想往远处游，比我胆子还大，我不得不劝他回去。听说他们去韩国的时候，他一个人下海游泳，游了很远，因为浪大太危险，被人家的海岸警卫队强行喊回，他还气哼哼的，直骂咧子。人都爱逞能，他在大海里的逞能大概就是他最得意的时候。他玩牌不多，技术一般，但运气很好，牌好得让人嫉妒。你刚教会他什么是混儿悠，他马上就抓一手牌，问你："我悠不悠呀？"可是他天生又胆小，玩诈金花儿时小牌跑了输不多，大牌开早了也赢不多，而且从来没有诈过，他的牌大牌小我们一看就知道。他总说，我也得诈一回让你们看看，但我们却一回也没看见过。他打扑克对输赢也不在乎，不像我对什么都较真儿，都较劲儿。玩儿的时候，他不是很理想的伙伴儿，在生活中，他是很好的朋友。

现在我也退休了，我们能时常见面。孟爷也有一个文学梦，但愿有一天，我俩都能实现那个梦。

16. 心中的妹妹

她不是亲妹妹，却比亲妹妹还亲昵。

她朴实真诚，善解人意。

她温和腼腆，端庄旖旎。

她文静秀雅，悄声细语。

她聪慧精微，心有灵犀。

她“说起话来温温婉婉，微笑起来甜甜蜜蜜”。

她欣赏你，让你扬扬得意。

她敬重你，让你沾沾自喜。

她懂得你，让你感动不已。

她心疼你，让你温暖无比。

她是真实而又缥缈的妹妹，她是若即而又若离的知己。

在我的眼里，她是花儿，是娇羞的水仙，自然的山菊，素雅的莲花，温柔的月季，清幽的兰草，香甜的茉莉。和她在一起，总是那么心情舒畅，忘乎所以，轻松自如，陶然惬意。

“友谊是精神的默契，心灵的相通，美德的结合。”“人生得一知己足矣……”

17. 二十八年又相见

二十八年，弹指一挥间！宇宙时光飞行中，何其短暂！

二十八年，生命旅程中，又是多么的漫长！人生能有几个，几个二十八年！

二十八年的追忆，二十八年的怀想，二十八年的思念！

终于，二十八年后，我们又相见！

当年少男少女的你们，已经变成今日的中年男人、媳妇妈妈，以至于我虽然熟悉，却大都不敢认。而当年才刚青年的我，现在已逾知命，鬓已霜白！你们大了，老师老了！因为真的已过了二十八年，二十八年！

终于，二十八年后，我们又团圆！拥抱，面吻！居然学了西方！欢声，笑语！好像是在天堂！

有你们无限深情，无限喜悦的歌声和笑脸，还有我心潮起伏，悄悄含着的幸福和伤感！当年不沾白酒的我，此时也用大口量，不知是感伤还是高兴，高兴还是感伤，酒真的不辣，真的很香。

“美酒飘香”，你们说这《祝酒歌》是我教的，现在又让我唱，不知为什么，却有些羞涩，卡拉不能OK。词曲还熟，激情犹在，但已觉得旋律太快，音高气短。真是人生苦短，只有暗自神伤！

不过我们师生的情谊依旧，美酒依然飘香！杯子里，正在丝丝飘出的，是春日里诗一般的“幽兰朝霞”，芬芳浓郁的“春香”！——兰霞是班上的学习委员，性格沉稳，不太爱笑，工作极其认真。春香坐在第一桌，笑呵呵的，慢悠悠的，大眼睛总是在专心看着你。

美酒深红，仿佛来自二十八年前分别时的秋天，此刻仍然呈现的，是秋天中画一样的美“丽红”彩，深几“许”的“秋红”！——丽红老是不言不语，现在也还是不主动开口说话；秋红是经常走得很晚的板报组长，四十岁出头儿了，似乎比当年还水灵。

还在欢声笑语，美酒还在飘香。坐定了，我仔细把你们一一打量——看清楚了，想起来了，还是当年的你们，还有当年的小样儿。

班长大秀英还是那么严肃，不苟言笑。白胖儿小秀军还是那么活泼，浪漫天真。

当时很淘气的振广——现在孩子他爹，仍然被取笑，受欺负。当年特嘎古的永刚——今日的法官，还是闹笑话儿，侃侃而谈。

矮凤荣已长成大高个儿，而且好像还在长，还是像小时候一样，微笑总挂在脸上。美凤娟虽然已是徐娘，可还是美凤儿，不说话时看上去还是有些面冷。

月兵真的当过兵，今天还有兵的样儿，只是和当年相比，显得有些沉默寡言。他们说，还记得白老师不许我们吸烟，闻到谁有烟味儿，就轻打小嘴巴儿。素云真的吃了素，不知是不是信了佛，脸上真的有些挂像儿，尽管她还在做雇用了一百多人的老板娘。

爱画画儿的秀云，自学成才考上师院美术系，当了中学美术教师，而且在博客上写得一手好文章。当时就很有心计的她，说至今还清楚地记得，我把班级诗朗诵的领诵换成了凤荣，让她很不高兴。

细细打量，认真端详，慢慢回想……

当年你们小时候的面容儿已回到眼前，其实你们还有很多当年的模样儿。再让我重新认一认，不会被蒙住，叫错不该叫错也不会叫错的班长，因为你是当时最好的学生，无论是学习，还是班长的职责。你的语文 95.5 分，是全学区的最高，全县的前茅，是我永远的骄傲！因为那时我才是初中学历，又是第一年由当团总支书记，教体育，改当班主任，教语文，而当年许多教初一的老师都是大学毕业，而且年龄教龄都长我许多。但是统考我们班的语文成绩是全学区第一，你们说是我教得好，备课认真，还刻印许多练习篇子，可我却要感谢你们刻苦努力学得好，朗读背诵，写作文，写日记。你们的优异成绩，是你们学业的硕果，也是我自学自信的回报，还使我得到了认可和荣誉。

细细打量，认真端详，慢慢回想……

当年美好的时光历历在目——每日早锻炼、天天晚自习，我们在一起；诗朗诵，猜谜语，我们在一起；开学前自己刷教室，夜里去水库“抓特务”，我们在一起——其实在你们的听课中和成绩里，更多地融进了我们的情感，更多地包含着我们的友谊。

此时此刻，写着这篇感想，闻着你们送的鲜花的花香，看着你们送的“春夏秋冬”的四联艺术雕刻，回想着我们聚会时的动人情景，一一让你们的面容在眼前浮动，我的手又有些颤抖，我的眼又有些湿润——

同学们，我多想我们还是那样年轻，我还能像当年那样给你们上课，和你们一起学习，锻炼、游戏，幸福快乐在一起。悲欢离合，祸福旦夕，太遗憾，太可惜，给我带来最多乐子的最可爱的眯缝眼儿马文喜，已经离去，真的离去了，而且就是在他十八岁的年纪！

他一定也在想念我们，愿我们好好生活，好好继续。

聚会要散了，天下最美好的宴席。同学们，谢谢你们的祝福，也祝福你们大家，还有他们，那些没能来的所有同学：跑步健将能追得上刘翔的王新，模样不差于同名同姓今天做歌手和演员的陈红，还有脸上有酒窝儿的刘文，常常是默不作声的张惠良，嘴里总是噼里啪啦的马丽霞……

才又见，二十八个“春夏秋冬”，二十八载暖暑凉寒！

人长久，共婵娟，朝朝暮暮，岁岁年年……

2004年2月4日 立春

师生聚会当日深夜

18. 八十亩地情依依

深秋的一个星期日，为了看红叶，我和学生们一起来到了八十亩地。

八十亩地并不神奇，这里的红叶也不咋地。但是，我们人人都很欣喜，每时每刻都在笑嘻嘻。

大家都在聊天，没有什么主题，没有什么意义，可就是那么自自然然，就是那么有兴趣，就是那么浓情蜜意。

照相时，没有人说茄子，没有提示笑一点，但每个人笑得都那么开心，因为都是发自心底。

回来，看照片时，我想到一个问题：为什么我们不常联系，不常在一起，可感觉就是那么亲密，比亲人还亲，比亲戚还戚？

这是为什么呢？其实也很简单，因为曾经在一起，因为有共同的美好回忆，因为已经深深结下了友谊。

友谊这个东西，很有意思。它看不见，摸不着，可就在那里，就在心里。它就是亲切，就是温暖，就是说话儿没什么主题，就是总那么欣喜，每时每刻都在笑嘻嘻。

这就是深秋的一个星期日，这就是我们比红叶还红的八十亩地。

19. 潮白河水静陶然

昨天去了顺义两个大学同学的家，今天回来了，可心还在那里。同学的家很棒，那么宽敞，那么明亮。同学的家很美，花很多，房屋的檐柱都是彩绘，菜园也令人陶醉。

同学间的聚会太好了，亲切，自然，高高兴兴，亲密无间。同学就是同学，不是亲人，比亲人还亲。我们喝茶，有说不完的话。我们喝酒，有逗不够的乐。

早晨的潮白河畔，很清静，很好看。天很蓝，庄稼黄了，树叶红红的。秋天的草已经枯萎，可有些花朵依然灿烂。

我们从上大学认识已经30年了，有一些同学已经退休了。年初的时候，有一位同学突然就走了（去世），但我们中也有孩子的孩子已经出生的。

弹指一挥三十年，悠悠往事在昨天。

亲密同学再相聚，潮白河水静陶然。

20. 影集的影子

这些天，整理散文集的稿子，顺带做一些微信帖子。因为需要些老照片，就常常翻看影集。

幸亏有这些影集，我才能保存了一些老照片，特别是父母和我们小时候的照片，简直太珍贵了。这样，时不时地把一些几十年前的照片发给我的亲戚、同学、同事、学生，他们都很激动。照片很多，有些已经脱落了，有些有点儿破损了，就像记忆会一点点减少一样。

但有的记忆是永远不会忘记的。我的第一本影集，是在初中毕业参加工作报到的第二天，一位尊敬的老师送的，她写的时间是1971年12月26日。

我家一共有几十本影集，都是我一个一个套的相角，一本一本粘的照片。有很多老照片都是自己照，自己洗，自己放大的。这要感谢我的一位发小同学文涛，是他给我做的洗相片的设备和放大机。

在那些影集里，有老师和同学的照片，还有父母和我与哥哥小时候的，亲戚们的，刚参加工作时和同事们的。在一些照片下面，我还注上了时间和地点，现在对于回忆还真管用了。我还在儿子小时候的照片旁边，用纸写上文字，来解说他相片里面的表情和动作。“不照，不照！”

后来影集升级了，直接插进就行了。后来，影集增长的速度加快了。再后来，我调到社科院后，出差照的照片太多了，很多洗出来的照片都没有放进影集。

有了数码相机以后，照片就更多了，一照就几百张上千张，多数都存入电脑，不再洗出来了。而更主要的原因是，人们没时间一本一本地装影集，慢慢悠悠地看影集了。

影集的时代可能已经过去了。但我总觉得，看影集和看电脑的感觉是不一样的。就像煤火烤手取暖和摸暖气片，读纸质书和读电子书，机器切面和手擀面，趣味和口味的感觉都是不一样的。

看着影集中的那些老照片，我回忆了很多很多，有很多的感想和感慨。老照片真的已经老了！

二、自然万物

21. 小鸟儿

小的，往往都是好的，小猫儿、小狗儿、小猪儿、小孩儿，当然，还有我很喜欢的小鸟儿。

从小就喜欢鸟儿。那时候的鸟儿很多，草地里，树林中，房子上。喜欢看她们蹦跳，喜欢看她们摇头晃脑。喜欢听她们

唱歌，喜欢听她们吵叫欢笑。

有一种鸟儿，特别特别的小，那是我见过的最小的鸟儿，我们叫它“小树叶儿”，因为羽毛是绿色的，在茂密的柳树枝叶中，不仔细找，根本看不到，不知道是因为我们院子周围的柳树多，还是因为它们最喜欢柳树的绿。它们总是一大群一大群地来，一大群一大群地走，在一起总是叽叽喳喳，欢声笑语，那么祥和，那么快乐。可我们曾用弹弓子打下来过，现在想起来真是罪过儿。

我还养过一只小鸟儿，叫虎不拉，还是胡不腊，也不知道，是我从山上捡到的，当时还没长毛呢。我天天都给它逮蚂蚱吃，它长得很快，会飞了，飞到树上还回来。它已经成为我最好的朋友。

可是有一天，我学校有事，给它逮蚂蚱回来很晚。爸爸说，它老是叫唤，就给了它一点儿肉皮吃，结果就……

我把它带到山坡上，给它建了一个小坟头，在那里坐了好长时间，还流了眼泪。后来，我再也没养过动物。

现在，我更喜欢小鸟儿了。觉得她们更加轻盈活泼，唱歌更加动听，舞姿更加优美，更加腼腆、温柔，更爱依人撒娇。听鸟叫，多么美好的一种生活！会不会再见到那些可爱的小树叶呢？

22. 蜗牛

小的时候，喜欢看蜗牛，喜欢看它慢慢探头，慢慢出角，慢慢地爬。蜗牛的角很敏感，轻轻一碰，就会缩回去。我们就轻轻地碰碰这个角，再轻轻地碰碰那个角，它们也不生气，继续慢慢地爬，不知道要去哪里。那时候，下雨很多，蜗牛很多，看蜗牛的时间也很多。

长大后，总的来说，我是一个快性的人，可有的时候，也喜欢慢。喜欢慢慢地欣赏，慢慢地徜徉，喜欢慢而温柔的人，慢慢而有趣的事情。不知道，这是不是与小时候看蜗牛有关。

今天再看蜗牛，感到更加亲切，更加喜欢。因为它们善良，从来不欺负别人，因为它们乐观，从不担心会晚，因为它们自在，总是那么悠然，因为它们幸福，总以自然为伴。只可惜，现在很少见到它们的身影，自己生活得太快，离大自然又那么远。

这回好了，终于有时间，终于可以再回到自然，终于可以再看见蜗牛爬得那么慢，我要好好好好，慢慢慢慢地看，从清晨一直看到傍晚，接着第二天，第三天，让蜗牛天天都做我的伙伴！

23. 萤火虫

见到萤火虫，不是很容易，即使是在过去。

小的时候，见过几次，和小伙伴在一起，在夏天夜晚山坡边上的草地里。几十年已经过去，但萤火虫的微光，时而闪亮在心里。

萤火虫是谜，那么神奇。萤火虫飞得很慢，飘飘忽忽，不知道它们想做什么，也不知道它们吃什么，怎么繁殖。它们就那么神秘地来了，又神秘地走了，为夏夜的月空留下永远的美丽，留下永远的幻境。我曾经又见到过萤火虫，在梦中，在童年的回忆里。

我的心里，有时候很矛盾，想知道，但又不想知道萤火虫发光的科学解释，一旦科学给了解释，萤火虫的美丽神奇几乎就完全失去了，就像月亮一样，人类一登上月球，月宫，嫦娥，玉兔，桂花酒，就都没有了。科学有道理，也很有用，但也毁掉了很多美好的东西。

听说有一处观赏萤火虫的最好地方，那就是位于四川的邛

峡天台山，那里被誉为“萤舞世界”，希望有机会去看一看，再回到童年，再回到夏夜山坡的草地。

24. 珊瑚

大海的珊瑚很多，有千万种，已经生存了亿万年。

珊瑚很神秘，它们是原始低等动物，却也是一切高级生命的祖先，而它们的新生命依然还是很多海洋动物的食物。它们是怎样生儿育女，怎样进行生命的转移和延续，至今还有很多不解之谜。

珊瑚很绚丽，色彩斑斓，地球上的一切颜色，都可以在珊瑚中看到，红的，黄的，粉的，白的，蓝的，绿的，紫的，而更多更多的颜色都是复合的。

珊瑚很丰富，形态万千，高高低低，胖胖瘦瘦，圆圆乎乎。有的像鹿角，有的像树杈，有的像扇子，有的像菊花。

珊瑚很活泼，身子非常的柔软，会随着水流翩翩起舞，轻轻摇摆，娇羞妩媚，姿态优美，飘飘若仙。

珊瑚很善良，它们不但没有野蛮进攻，没有残忍杀戮，而且还是很多小鱼的家和很多小生物的避难所。

珊瑚，活着是生动，它们给海洋带来活力，给世界带来美丽。它们死了也是风景，它们的尸骨钙化，在大海中创造了广阔的珊瑚礁海底，形成了海底世界奇特的地质地貌，有的还露出了海面，成了小岛。

如果没有珊瑚，海洋会有遗憾，地球会觉得寂寞，高级生命甚至不会产生，人类也就不能出现了。

想到珊瑚，我心中产生了爱戴，崇拜和敬畏。

25. 小酸枣

“小酸枣，滴溜溜地圆，红嘟嘟地挂满了悬崖边，吃到嘴里冒酸水儿呀，冒酸水儿呀，吃在嘴里口不干，口不干，口不干。”

酸枣，最有味道的枣，最有故事的枣，最有情趣的枣。你一定见过酸枣吧，一定吃过酸枣吧，可你摘过酸枣吗？

小的时候，小伙伴儿们的乐呵可多了，而摘酸枣就是一个很大的乐趣。一入秋，就盼着酸枣快红，好不容易红了，我们别提多高兴了。换上球鞋，挎上书包，拿上长短铁钩，我们兴高采烈地就上山了。

摘酸枣，可是件苦差事。要爬山，要挨扎，有时还有蝲子蝲，马蜂蛰。脚下一滑，还可能滚下坡。

每天去哪儿，我们临时商量。近处的地方，哪儿的酸枣多，我们都知道。远处的地方，就得去找了。东沟有几棵大酸枣树，那是每年必去的。东边的山坡近，半天儿就能回来。可南观，口头，新开口，房山矿，北车营，得 5 里地到 10 多里地，得用大半天儿，甚至溜溜儿一整天。

酸枣的品种有很多。最好吃的是大猫眼儿，比一般的酸枣都大，有大拇指指甲盖那么大，扁圆形的，心儿向里洼，很像猫的眼睛，肉厚核小，很甜很甜，不怎么酸。大猫眼儿很难找，碰到实在是万幸。还有一种是长圆儿的，甜甜的，比大猫眼儿多一些，也不是很容易碰到。

酸枣的成熟度也很有讲究的。刚刚变成全浆的最好，柿红的颜色，又软又甜。其次是全红半浆儿的，半柿红半酱红。再其次是全红全硬的，全酱红。接着是半红半白的，最后是白倍儿，要变成全白才成，也很甜的。

摘酸枣时，大家都是分头找。一般找到好的和多的地方，就叫一下伙伴儿，但也有吃独食的，遇到好的就蔫不叽儿地自己摘，回来的时候还显摆，结果就被大家说一顿。

酸枣摘回来，带着丰收的喜悦，比考试得了高分儿还高兴呢。酸枣摘回来要赶快吃，一搁就都软了干了，不好吃了。而与家长和兄弟姐妹分享，还会得到更多的快乐。

我 16 岁参加工作当老师，一开始分在北四位小学。在宿舍院子的墙外，有一棵很大的酸枣树，那年我还摘了一些，味道还不错。摘的时候，还有点儿怕学生看见而不好意思。

几年前，一次同学聚会，我们专门去坨里新开口的山里边摘酸枣了。那种感觉真的很好，仿佛又回到了快乐的童年，酸酸甜甜的。

26. 大白菜

大白菜，蔬菜中我最喜欢的，不仅爱吃，还有故事。

为白菜疙瘩挨过打。五六岁的时候，正赶上困难时期，家里粮食不够吃，菜买不起那么多，就在农民收了白菜之后，去地里挖人家不要的白菜疙瘩。有一次，我太饿了，没找到吃的，就把家里买的白菜疙瘩切下来，把疙瘩的心儿啃着吃了，嫩嫩甜甜的，可好吃了。可妈妈发现了，说不许偷着吃，还打了我一顿。

喜欢白菜，就爱去看白菜。那时候，我们家属区北边就是菜地。每次路过的时候，喜欢看各种各样的菜。白菜还是小苗儿的时候，很不起眼，可长大一些，绿莹莹的特可爱。但这时的白菜叶子是铺开的，几乎看不到心儿。再大一些，为了憋心儿，就要把白菜叶子拢起来用草绳儿绑住，白菜棵儿就越来越大。但要让白菜灌心儿很不容易，阳光、温度、肥料和水要合适才行。阳光不足菜不柾，温度太低菜不爱长，水太多了菜会烂，肥太大了会烧心儿。由于需要的条件相对较多，当时的大白菜能长成棵儿大，心儿也大的不很多。大白菜长得好的，特别实轴儿，一棵能有十多斤。一家买上几十棵一存，能吃好几个月，在那个年代，那可真是当家菜，每家每户都要存的。吃了几十年，已经成为一种文化了，周围年龄相仿的人，都说爱吃，还真没听说谁吃腻了的。

白菜最早产于我国北方，有北京的青口、天津的绿身、山东胶州的通白、山西阳城的大毛边、东北的矮墩儿等。后引种南方，又传到国外。大白菜是在明朝时由中国传到李氏朝鲜的，之后成了朝鲜泡菜的主要原料。韩国电视剧《大长今》中，有主人公试种从明国引进的菘菜（大白菜）的情节。后来，大白菜又传到了日本。

今天，世界各地许多国家都引种了白菜。我在日本、韩国和法国等国家，都吃过当地产的白菜，但味道和口感都不如我国的好。

而最好吃的还得说北京的白菜。山东的白菜太爱烂，天津的白菜有青气味儿，东北的白菜有点儿硬，南方的白菜又太软。只有北京大白菜软硬合适，没有怪气儿，味道纯正，口感极佳。不信的话，您可以把各地的白菜放到一起来品尝，相信您一定会说北京的大白菜当属天下第一。

鲁迅在《朝花夕拾》的《藤野先生》一文中说："大概是物以稀为贵罢。北京的白菜运往浙江，便用红头绳系住菜根，倒挂在水果店头，尊为'胶菜'"。但是北京大白菜很难种，爱长虫儿，不爱长心儿，对气候条件的要求很高。所以现在已经基本看不到北京人种大白菜了。如果这么优良的一个品种真的消失了，这可以算是北京的一大遗憾，也是中国和整个地球人类的一大遗憾，就像京白梨，国光苹果一样。

在所有的菜中，我最喜欢吃白菜。我和周围的人说起白菜，民间有句谚语，“百菜不如白菜”。在我看来，白菜是所有蔬菜中最像菜的菜，可能称得上地球上最好吃的菜。

白菜可以百吃。熬白菜、炒白菜、炖白菜、腌白菜、激酸菜、拌白菜、涮白菜、醋熘白菜、麻辣白菜，朝鲜泡菜、白菜芥末墩儿…… 还可以做白菜饺子、白菜焖面、白菜炒饼、白菜炒饭。明代还有给皇上用白菜豆腐做的“珍珠翡翠白玉汤”。

吃白菜，我最推崇这几样做法。

一是白菜拌豆腐丝儿，加点儿盐、醋和香油，那叫一个爽口儿，绝对是最好的下酒菜。

二是醋溜儿白菜，放上油，就放花椒，要炸煳了，味儿才地道。白菜帮儿要斜刀片，好入味儿，还要加叶子，因为醋熘白菜里的叶子是最好吃的。醋要好，少放酱油，再放点儿糖，勾芡要稍微稀一点儿。

三是白菜馅儿的饺子，白菜到春节时最好吃，已经自然走了一些水分，白菜最好是用刀沫出来的，也就是切出来的碎丁儿，而不是剁出来的，因为剁得太烂，出汤太多，白菜的味儿就差多了，饺子就不鲜不香了。肉肥瘦各一半儿，剁得别太烂，肉里就不要再打水了，正好等着可以吸白菜里的汤。（肉也可以先煸熟，肉丁儿最好是沫出来的，但白菜就要多挤出汤来，煸肉最好加黄酱，那是一种风味，很原始，很好吃的。）味肉时，大葱要多放一点儿，要放鲜姜才最好。爱吃韭菜的，可以少加些韭菜。都是为了使白菜味儿保持最浓。饺子面要和得硬些，醒的时间要长，中间要揉几次，用前再好好揉。皮儿要擀得薄，馅儿要揣得多，真真正正是薄皮儿大馅儿。这才是纯纯正正的北京白菜饺子，这是最好吃的中国饺子。

四是用白菜叶做的疙瘩汤。先把白菜炒了，最好放个西红柿，放适量的酱油，七成熟儿就盛出来，坐上水。同时把疙瘩拌好，面和水一次加好，疙瘩要稍微小一点儿，大小个儿要匀溜儿。水开了，把疙瘩放进去，再开了就放进去炒好的白菜，再开锅儿，甩上一两个鸡蛋就好了。我年轻时，一顿儿能吃好几碗，什么别的都不吃就饱了，别提多香了。

我们全家人都爱吃白菜。每次父亲切白菜时，如果用不了一整棵，他总是竖着切，我不明白为什么。有一次我切白菜，好像是做醋熘白菜，我爱吃叶儿，就当的一刀把菜切成两段儿，想光用菜上部的头来炒。恰巧父亲看见了，就跟我急了："怎么切菜呢你？"我说："怎么了？""怎么了？谁不爱吃白菜头呀？先吃了头，底下的下次怎么办呀？""下次再吃底下的呗。""那不行，好日子不能一天过，好吃的也不能一天吃！"这是父亲留给我的吃白菜的说法儿，现在琢磨起来还挺有哲理的。

白菜好吃，营养价值和药用价多很高。"白菜是个宝，赛过灵芝草""立冬白菜赛羊肉"。白菜营养丰富，除含糖类、脂肪、蛋白质、粗纤维、钙、磷、铁、胡萝卜素、硫胺素、烟酸外，尚含丰富的维生素。白菜本身含热量极少，不至于引起热量储存，多吃白菜还可以减肥。白菜中有丰富的粗纤维，不但能起到润肠、促进排毒的作用，还有刺激肠胃蠕动，促进大便排泄，帮助消化的功能。白菜还可以治感冒，方法是用白菜疙瘩加姜片、大葱和红糖用水煮，趁热喝了，盖被出汗，感冒就好了，因为白菜可以润肺去火。白菜籽还可以解酒，喝酒时吃些醋熘儿白菜最好。

我爱白菜，好像是白菜命。现在白菜常年都有，我几天不吃就会想的。白菜在我心中，真的很美很美，可惜我不能把我心中的白菜，像齐白石大师那样给画出来。

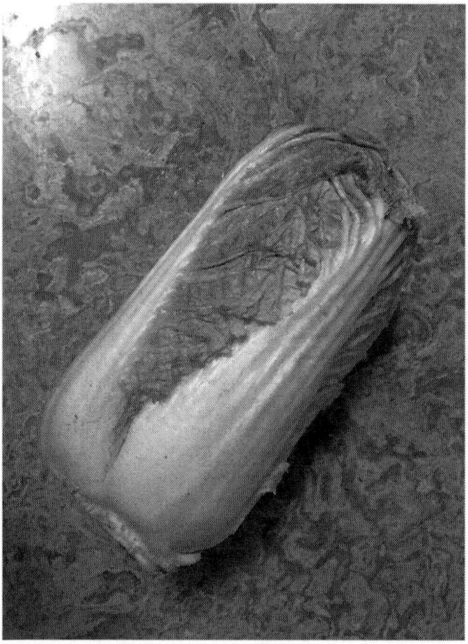

27. 大柿子

我的一位同事说，现在回忆小时候的事情，很多都与吃有关系，大概是因为那时候太穷了。我特别同意他的说法，我也常回忆小时候的事情，的确很多都与吃有关系。

从小时候起，我就一直特别爱吃柿子。现在一到冬天，我就盼着房山的老朋友给我送柿子。尤其是在当地很有名的张坊大盖柿和上万村的清汤大柿子，小时候我就住在离上万村只有八里地的坨里，我们家属院周围的山上，也有很多柿子树。因为有儿时情感，柿子一直是我最爱想，最爱看，最爱吃的一种东西。

柿子软着吃，汤儿特别甜，咬开一个小口儿，一点儿一点儿地嘬，比喝酒更让人陶醉。里面还有小舌头儿，筋道极了，咯吱咯吱地既是牙齿的快乐，又是耳朵的享受。其实，软柿子最甜的就是“烘柿”。什么是烘柿，就是都还在青的时候，有个别的柿子不知怎么回事自己就黄了，然后就红了，而且是深红深红的，这时候这种柿子可甜了。而且可以随便摘，没人管的，因为这种烘柿不摘也会被鸟儿吃了，或者自然提前脱落，自己就掉到地上了，也就白白浪费了。我们男孩子那个时候会专门去找烘柿吃，低得顺手就能摘到，高的就上树去摘，再高的就只能用石头熘[①]了。熘着了，掉下来时就用手去接，接不着掉地里就摔烂了。当然，我们尽管准头儿还可以，每次也会打下来一些青柿子，也就祸坏人家的果子了，这时候村里的看青的就会来逮我们，我们就赶快孬鸭子[②]了。

软柿子好吃，硬柿子也好吃。当柿子长大还没变黄的时候，摘下来泡在清水里，稍微温一些为好，但绝不能水热，要不柿子就烫软了，烫馊了，字典上的解释是绝对错误的。柿子的苦涩在水里会被慢慢拔出去，每天换一次水，几天之后，就可以吃了。这叫漤柿，用水漤的，又脆又甜。有一次，深秋的时候，我们几个男孩子熘完了烘柿，看着地上的那些无辜的青柿子，又不能拿回家去漤，不知谁出的主意，说可以到河里去漤。我们就又摘了人家一些好的青柿子，跑到了大河。在浅水处刨开沙子，把青柿子都埋进去了。一周以后，我们把柿子刨出来，别提多脆多甜了。因为是偷来的柿子，因为是自己漤的，还因为是用河里的凉水漤的。特讨厌，后来发明了气漤，一框一框的柿子摞起来都蒙大塑料布，挨地的地方都封严了，然后放进一种人造的气体，大概是为了提高温度，只要一两天，柿子就不涩了，但味道比水漤的差远了，有点儿熟能儿[③]了，没有水漤的那么脆，那么甜。大概事情凡是太快了，就不会太好。特

① 熘：北京土话，用小石头往远处扔打，为了击中目标。

② 孬鸭子：北京土话，就是害怕了就逃跑了。

③ 熟能儿：北京土话，熟的过火了，过软了，甚至出来了稀汤儿，特别指水果。

别遗憾的是，现在因为人们懒了，用水漤的青脆柿子几乎没了，就连用气漤的也特别少了。

柿子还有一种吃法儿，就是冻柿子。初冬柿子摘下来，黄黄的，但还不能吃。最好是放在平房的房顶上或窗台上，用草帘子盖上，不让太阳晒，让柿子荫凉着自然去掉涩味儿。三九天儿吃起来最好，柿子冻得邦邦硬，一咬一个白茬儿，手特别凉，牙特别凉，但心里特别热乎。柿子是暖肚的，不会胃寒的。记得小时候有一年春节我得病了，就连平时很难吃到的大鱼大肉也没胃口，妈妈问我想吃什么："片儿汤？"摇摇头。"疙瘩儿汤？"摇摇头。"粥呢？"还是摇头。"那你想吃什么呀？""冻柿子。"妈妈就到邻居家给要来两个大冻柿子。我就一口一口，一口一口，那个爽快，那个舒坦。柿子吃完了，病居然也就没了！不知道这是不是柿子的作用，反正我吃过好几次，都灵。所以人们形容心里的爽快，就说是像吃了冻柿子似的。现在好了，有了冰箱，大夏天儿也能吃上冻柿子。

冻柿子好吃，但如果怕凉，也可以这样吃，特好玩儿的：你拿来一个冻柿子，放在一个大碗里，然后倒上凉水，水要没过柿子。等上一小会儿，你就会看到，柿子外面结了一层冰，薄薄的一层，晶莹剔透，白里透着红，红外裹着白，美极了。欣赏完了，再吃那柿子，就会觉得格外地甜。

我爱吃柿子，不少街坊和同学都知道。但是我家总是没有柿子，因为没有农村的亲戚，也就没人给送。家里也不会买好多柿子存着，所以房顶上也就没有草帘子盖着的柿子。那时候，我们小孩子都没有零花儿钱，但每次只要我有了几分钱，第一选择就是去商店买一个或两个柿子，柿子八分钱一斤，四五分买一个，八九分就能买两个，而且一定是在只有几分钟的回家的路上，就把柿子消灭了，无论是一个还是两个。可是自己有钱去买的时候太少了，所以经常是望着人家房顶的草帘子流哈喇子。

邻居有一位姥姥，她特别喜欢我，经常叫我进屋，偷偷给我一些吃的，一个冬天她会给我好几次柿子。要是她还活着，我一定会买最好吃最好吃的东西去看她。可是当我开始懂得回忆美好事情的时候，我打听到姥姥她已经不在了，我真是好后悔好后悔，现在我只有一次次一声声在心里呼唤："姥姥，姥姥，姥姥！"

我有一个街坊同学叫小雪，他家每年都有很多柿子。有一次，我看见他上房去拿冻柿子，在从下面过的时候，我特意低着头，以免看见那些红彤彤金灿灿的大柿子。忽然房上传来声音："嘿，接着。"我一抬头，只见一个红彤彤金灿灿的东西飞了下来。就是在三十几年后的今天，我还记得当时的情景，我还记得当时的心情。几年前，一次老同学聚会时，我还向他说过此事，但他只是说："那算什么。"大男人之间，不好说什么动情的话，但是在心里，我说："算什么？对我来说，那算最真诚的感激，那算最珍贵的友谊，那算最美好的记忆，因为那算最纯真，最质朴，最人性，最感人的东西，那还算，还算……"

28. 大丽花

世上有那么多那么多的花，看也看不完，爱也爱不够。花儿那么多，每个人都有自己更喜欢的。我呢，更喜欢大丽花。

大丽花与牡丹花有些相似之处，花朵大，颜色艳，姿态美。但是，还是有很大的不同。

牡丹花为木本，大丽花是草本。可能是这个原因，和牡丹花相比，大丽花更加草根，更加草民。她更加朴实，善良，平和，亲切。大丽花的抗暑寒能力极强，花儿从春天一直开到深秋，甚至初冬，所以生命力更强。大丽花的叶片要厚一些，颜色要多一些，花形要多一些，看上去更加自然，安静，淑雅，祥和。

我第一次见到，或者说特别注意到大丽花，是在上小学五六年级的时候。有一次去中学里面，在一排教师前面，看见有一种花特美，花朵大，又艳丽，蓊蓊郁郁，热情似火，心里有闹闹的感觉。我问同学她的名字，有的说叫白薯花，因为她地下面结的果实跟白薯一样。后来才知道，大丽花又叫西番莲、天竺牡丹。我意想是不是她们长得又像莲花又像牡丹呀。大丽花原产墨西哥，那里的人们觉得她富丽大方，将她尊为国花。大丽花是世界名花，因为人们都喜欢，现在已经有 3 万多个品种了。我在一些国家见到过，当时还以为是我国的原产地，感到特别的亲切和自豪，还拍了一些很好的照片。

喜欢大丽花，还在家里养过，第一年开得可好了，可第二年居然就不行了。原来我不知道，大丽花喜欢阳光，但怕暴晒，喜欢湿润，但怕水大，喜欢多肥，但怕过猛。而我那时给她们生长条件都是不适合的。现在明白了，光喜欢还不行，还要懂得。

丽质天生大丽花，
草根淳朴平民化。
端庄落落最大方，
淑雅幽幽美天下。

29. 茉莉花

有一种小花，她们小小的，小小的，形状不稀奇。

她们白白的，白白的，脸上总带着笑意，枝叶总是那么翠绿。

她们没有牡丹那么华丽，没有玫瑰那么诗意，也没有桂花那么芬芳浓郁，可是她们却韵味独具。

她们清淡，素雅而朴实，具有顽强的生命力。在寻常百姓屋子里，总能感受她的暖意。

她们默默地，默默地，开放在夜里，没有得到欣赏。

她们轻柔地，轻柔地，等来了月亮，看见了星光。

她们幽幽地，幽幽地，散发着清香，熏醉了书郎。

无私吐芬芳，茉莉花高尚。杯中清心茶，室内淡雅香。

30. 喇叭花

今天参加活动到密云，在上山坡的路上，棒子地里，忽然看见了喇叭花！那么多，那么美，可把我给高兴坏了！人在走向老年的时候，多半会有童年的心理，童年的回忆。

在我的回忆里，有很大花的比例。绒花，桃花，白薯花，还有小小的喇叭花，她给的更多是游戏和乐趣。

那时候太小，喜欢喇叭花儿，就是喜欢，没有说辞，说不出道理。

今天又见到，觉得很感动，很感慨，很感激，在我这样一个年龄段。

怎么这么喜欢喇叭花儿呢？喇叭花儿，她小。小的一般都招人喜欢，小猫儿，小狗儿，小孩儿，甚至小猪儿，小狐狸。喇叭花儿，她清纯。她的样子和心里，那么透明，那么随意，没有城府，没有算计。喇叭花儿，她活泼。她总是在动，一会儿向东，一会儿向西。每天都那么快乐，年年都那么欢喜。 喇叭花儿，她多彩。粉的粉，红的红，蓝的蓝，白的白，花的花，紫的紫。喇叭花儿，她平凡。她生长在荒野，天地，院里。不怕旱，不怕雨，不高贵，不忸怩。喇叭花儿，她友谊。她朝你招小手儿，朝你笑嘻嘻。她特别爱说话儿，特别爱俏皮。

小小的喇叭花，过去了多少年，她依然想着你，依然喜欢你！

31. 山草

我见过很多种类的草，也喜欢其中的一些，例如毛毛草、节节草和星星草。但有一种草，我第一次见到它们，就被它们深深地打动。以后每当遇到困难和挫折时，我都会自然而然地想到它们。

这种草我不知道它们的植物学的名称叫什么，也不知道在别的地方人们怎么叫它们，在坨里，它们就叫山草。山草很可爱，我相信，如果您见到它们，很可能也会喜欢的。那么，山草有什么特别的呢？

它们的生命力极强。名为山草，就是长在山上的草。山上土薄，水少，风猛，昼夜温差大。可山草根扎得深，底部有一些叶子，上面就是一根挺儿，所以他们耐旱，耐寒，耐风。

它们长得很直，很直，从下到上没有一点儿弯曲。山草很坚硬，很坚硬，用镰刀割时很费劲儿，很费劲儿。因为它们的坚硬，它们才能刚直，因为它们要刚直，所以它们才坚硬。

它们很爱美，秋冬的时候，它们变得深红，给萧瑟干枯的山坡增添了一片儿一片儿美丽的颜色，所以，我给它们起名红山草。当然，美会付出代价。在山坡山，它们的颜色很显眼，会招来杀身之祸。不过它们并不在意，因为它们已经完成了它们当代的使命。它们留下来，就是为了被风吹，被日晒，被动物吃，这样它们的种子才回到大地更多更远的地方，然后自己化作泥土再回到养育过自己的土地。它们的生，似乎是为了死，它们的死，又好像是为了再生，尽管已经不是它们原来的自己。地球的生命其实都是在这样的循环，所以要更好地生活，就应该尽早地超越生死。

几十年没见这种草了，一次坨里同学聚会去大寨沟，又见到了它们，可亲切了。现在我离它们远了，不常见到它们，但在心里，它们离我很近很近。而且随着年龄的增长，我离它们越来越近了。

32. 杨柳依依

最早认识柳，居然因为吃。小时候，粮食很少，根本不够吃。家家儿都要挖野菜，捋树叶充饥。而柳芽则是树叶中比较好吃的。柳芽可以凉拌，也可以像榆叶一样拌疙瘩儿，清香爽口，可好吃了。现在人们也吃柳芽儿，柳芽儿饼，柳芽儿炒鸡蛋，柳芽儿包子，可这都已经变成了尝野味和养生了。

柳可以吃，还可以玩儿。柳芽刚长出来的时候，柳枝嫩嫩的，从中间截下一节，轻轻把柳枝的皮向一边拧，一点儿一点儿，都松了以后，就把里面的小棍儿撤出来。然后从细的一边用小刀刮下一点嫩皮儿，不到半厘米就可以。这样做好了，就能吹哨儿了，吹得好的就是好听的歌儿，吹不好的就什么都不是了。我们一群小伙伴儿，一人嘴里一个柳哨儿，都使劲儿使劲儿地吹，那叫一个乱，那叫一个高兴，就连肚子饿都忘了。

用带着叶儿的柳条儿，编成帽子，戴在头上，很好玩儿的，男孩子玩儿打仗作伪装，女孩子过家家，当花环做公主。女孩还把柳条弄干净，编成小篮子，装上自己用毛毛草编的毛毛狗，毛毛兔，再加一些小野花儿，她们自己喜欢，让男孩子都很心动的。

柳，可以吃，可以玩儿，还可以赏。五九六九，沿河看柳。柳树在春天最早变绿，最早发芽，最早带来春的气息和美丽。说柳树变绿，并不准确。其实一开始是黄的，草黄色，浅浅的，淡淡的。看上去，嫩嫩的，暖暖的，柔柔的，痒痒的。微风吹来，柳枝轻轻摆动，那么轻曼，那么婀娜，那么风流，那么欢快。小鸟儿在枝头跳跃，歌唱，而黄鹂鸟唱得最高兴，最动听。

柳可吃，可玩儿，可赏，还可以念。柳丝轻柔，随风摇曳，“昔我往矣，杨柳依依。今我来思，雨雪霏霏。”思念的心绪，像柳条一样轻轻摇动。

古人送别，依依难舍，折柳相送。“杨柳青青着地垂，杨花漫漫搅天飞。柳条折尽花飞尽，借问行人归不归？”而在伤感之时，也以柳作喻。“今宵酒醒何处，杨柳岸，晓风残月。”在思乡的时候，更是托柳表达心声。“谁家玉笛暗飞声，散入春风满洛城。此夜曲中闻折柳，何人不起故园情。”

柳，吃完赏念之后，就该颂了。柳很顽强，能耐干旱。无心插柳柳成行，柳的生命力极强，到处可以生长。柳很坚毅，不怕寒冷。乍暖还寒时节，新绿冒风雪而出。寒秋霜露之后，依然满树绿叶。柳很柔顺，非常智慧。柳的枝条柔软，随风就势，减小了与风的对抗，也就减小了受伤害的危险。

柳是很好的朋友，我爱柳，爱垂柳，爱春天的垂柳。

33. 山里红

中秋快到了。从楼上往下看，有些树木的叶子已经微微有点儿发黄了。

刚才下楼去公交车站，又见到小区路边的几棵山里红树，树上挂着一撮儿一撮儿的山里红。而且大部分已经开始变红了，我很激动，拿出手机照了几张相。山里红的叶子有点儿像枫叶，但秋后的红果比红了的枫叶更红。红果的味道有点儿像酸枣，但好像比酸枣儿更酸更甜。

这些年，每到秋天，我都会有几次特意走到山里红树旁，静静地观瞧那些可爱的红果儿。每当这时候，我都会想起童年，回想我们小孩子与山里红的那些故事。

秋天又来了，院子里的山里红又红了起来，而我又想起几十年以前，那些山坡上的山里红。

小时候，家里从城里搬到郊区。家属区不远的上坡上，有零零落落的山里红树。秋天的时候，我们偶然玩到了红红的山里红树下，就会特别的兴奋，因为嘴里和心里都是酸酸甜甜的。

喜欢山里红，就会喜欢冰糖葫芦，好看，好玩儿，更好吃。五分钱一串儿，有十个呢！冰糖葫芦是插在草把子上的，那人扛在肩上，大声吆喝着，我们小孩子就跟在后面。他的吆喝声让糖葫芦颤颤巍巍的，颤颤巍巍的糖葫芦就让我们的心里一痒一痒的。还有推车卖山楂糕的。几分钱的都卖，每当他给切的时候，多想让他的刀往里边走一点点儿呀！

前些年，有一阵子，山里红特别紧俏，说是可以降血压。不知是为了防病，为了解馋，还是为了怀旧，我每年只要遇到，就会买上一些。有时还会自己做上一些山楂酱，那应该属于真真正正的绿色食品吧。

又是一个秋天，山里红又红了。但怎么看，这里的山里红，都没有山上的山里红更红，更酸，更甜。

34. 银杏树的风采

银杏树，你从远古走来，带着侏罗纪的风采。

银杏树，身躯总那么挺拔，秋韵让人青睐。你的叶子与众不同，像蒲扇，像元宝，像蝴蝶那么欢快。你的树冠并不繁茂，但你的色彩，让人陶醉，让人抒怀，让人想象恐龙的年代。你的果实很白，可以制药，还能做出清爽可口的好菜。你能养颜排毒，还能降压通塞。

银杏树，你曾经几乎在地球绝迹，只在中国存活下来。野生的你曾经极为稀少，可现在，在城市中你无处不在。

银杏树，你从远古走来，带着侏罗纪的风采。

35. 绒花树

造物主真是值得敬慕，他给了地球那么多的植物，那么多非常可爱的树。有一种树很特殊，她使人产生联想无数。她有好几个名字，我不知道该用哪一个，才能最恰当地表达我对她的喜爱。她有很多可爱之处，我不知道该用什么样的词语，才能描绘这种已经生长在我心中的树。

这种树很特殊，朴素中呈现着荣华，荣华中隐含着朴素。她的树干婆娑娑，黑乎乎，摸着那么粗糙，看着那么简朴。然而，她的花朵却是粉红粉红，形似绒团，状如云霞，那么柔婉动人，那么艳丽夺目。

这种树很特殊，她的叶子像孔雀羽毛，均匀对称，而枝条却像仙鹤展翅，旁斜逸出。她是亭亭玉立的姑娘，恬静端庄秀美，文雅柔顺；她是迎风飞舞的仙女，活泼婀娜浪漫，妩媚娇姝。

这种树很特殊，她的生命力极强，南国可以生长，北国可以立足。在南国里，她的主干是绿色的，枝繁叶茂，但决不臃肿，决不杂乱，再高再大也依然轻盈飘逸，依然秀姿楚楚。在北国中，她的下体是黑色的，但显得更加素雅，更加稳重，反衬得容颜更加俏丽，鲜亮亮，红扑扑。

这种树很特殊，她实实在在，却又飘飘忽忽。她使人们看到凡间的美好，又使人们想把天堂目睹。天堂之美，一定少不了树，如果天堂之上只有一种树木，一种天堂之树，那她才是当之无愧，名副其实。

这种树很特殊，她与别的树不同，在我心中的地位也很特殊。万千树中，我对她情意最深，思念最苦。从见到她那一日起，她一直就生长在我的心灵深处。幼儿时，和她最早结识，她是我的美之启蒙；少年时，情窦初开还隐，她是我的恋之寄属；青年时，感悟多彩人生，她是我的思之升华；中年时，始知情为何物，她是我的爱之永驻。

有一种树很特殊，她使人产生联想无数。她有好几个名字，我不知道该用哪一个，才能最恰当地表达我对她的喜爱。称她合欢树过艳，说她凤凰树太雅，唤她天堂树又没有出处。其实名字又何必在乎，在我心里，她永远都是小时候的绒花树。

36. 云和日

山上，拂晓的星光刚刚隐去，晨曦就悄悄爬了出来。

日头在露面儿之前，就把早已等待的云天，染得金灿灿。

云彩在空中翩翩舞动，又将初升的日头，映得红彤彤。

说不清，是云朵因日出而美丽，还是日出因云彩而神奇。

也不知是云朵见日而羞红了脸，还是日头望云才勃勃然。

日头慢慢升了起来，雄壮，刚健，兴致盎然，神采奕奕。

白云在蓝天上飘浮，轻柔，飘逸，羞羞答答，含情脉脉。

日头还在慢慢地走，到了中天，俯视着身下的云天和大地，发出真情感慨：“草际烟光，水心云影，闲中观去，见乾坤最上文章。”

白云还在轻轻地飘，到了天边，望着岭上西去的日头，心中激动不已：“山气日夕佳，飞鸟相与还。此中有真意，欲辨已忘言。”

山下，傍晚的日头余晖犹在，月光已悄悄落到了枝头。

日头在落山之前，向送行的云彩投来依依难舍的目光，脸上都是泪水，白白的，白白的。

云霞悠悠相送，惜别的眼神万种风情，嘴唇微微隆起，微微地抖动，红红的，红红的。

37. 山中小溪

我喜欢小溪，愿意天天坐在小溪旁，走在小溪边。

我幻想有一天，能融化在小溪里，变成小溪中的一条小鱼。或者干脆自己就变成小溪，也挺好的。“我是一条流淌在崎岖山间的小溪。我满身洒着细碎的光亮，怀着对大自然奇妙的幻想，流啊，顺着山绕过石，不停地流。我有时被乱石阻塞，有时被泥沙搅混，但我浑浑噩噩，不知宇宙的真谛为何，不知生命价值何在。我绕过碎石，抖抖泥沙，又淙淙地向前流去。还不时仰望夜空，欢乐地听起夜莺的歌唱。”①

我喜欢小溪，梦想我的家就住在小溪旁，天天能与小溪做伴。

上中学的时候，有一次老师给我猜谜，其中一个是“溪水绕屋前”，打一地名。我一下子就猜出来了，因为就生长在京西那边。

溪水绕屋前，多美的一幅图画，多美好的一种生活。屋子前面，一条小溪静静地流淌，不知它什么时候走来，不知道它的源头在什么地方。“山中有流水，借问不知名。映地为天色，

---

① 杨沫：《杨沫散文集》，人民文学出版社 1978 年版。

飞空作雨声。转来深涧满，分出小池平。恬淡无人见，年年长自清。”①

溪水绕屋前，以溪水为邻，“空山无人，水流花开”，“草色青青柳色黄，桃花历乱李花香”。这样的地方就是桃源仙境：“缘溪行，忘路之远近。忽逢桃花林，夹岸数百步，中无杂树，芳草鲜美，落英缤纷。”溪水那么清澈，那么欢快，悠悠晃晃像北斗七星那样曲折，像游蛇爬行那样盘绕。高草里，树林中，小溪的身影若隐若现，时明时暗，那么清幽，那么神秘。小溪的两旁，土石像狗的牙齿那样互相交错，进进出出。“全石以为底，近岸，卷石底以出。为坻，为屿，为嵁，为岩。青树翠蔓，蒙络摇缀，参差披拂。”溪水里有小鱼，“皆若空游无所依。日光下澈，影布石上，怡然不动；俶尔远逝；往来翕忽，似与游者相乐。”溪水周围，花丛中飞舞着蜜蜂和蝴蝶，草坎上卧着山鸡和野兔，树林里跳着小鸟和松鼠。

溪水绕屋前，以溪水为伴，这样的生活是美好的享受。住在小溪边上，倾听溪水流淌美妙的音乐，“隔篁竹，闻水声，如鸣佩环”。住在小溪边上，抚摸溪水边青青的小草，可以观看溪水旁鲜艳的花儿，可以闻吸溪水附近林木的幽香。住在小溪边上，还可以在小溪里洗红红的桃子，涮紫紫的白薯，漤青青的柿子，养白白的鸭子。“红树醉秋色，碧溪弹夜弦。”②

---

① 储光羲：《咏山泉》。

② 湘驿女子：《题玉泉溪》，摘自《人类智慧宝库·中国智慧卷》，改革出版社 1992 年版，第 41 页。

难怪就连性格刚烈的大词人辛弃疾，居然也憧憬这样宁静而纯朴的生活："溪边照影行，天在清溪底。天上有行云，人在行云里。"① 他还画了一幅生动而欢乐的图画："茅檐低小，溪上青青草。醉里吴音相媚好，白发谁家翁媪。大儿锄豆溪东，中儿正织鸡笼。最喜小儿无赖，溪头卧剥莲蓬。"②

我喜欢小溪，老了以后，我希望再回到小时候的山中，像小溪一样永远在那里慢慢流淌。

小溪是自由的，它走着自己的路。小溪是快乐的，它唱着自己的歌。杨沫憧憬着这样的归宿："多么美丽的春天啊，我流淌在山间小路上，路边盛开着艳丽的鲜花，峻岩上嫣红的桃花，轻盈的绿柳，笑靥迎人。我挨着她们轻轻地流过。她们对我说：'小溪，你就这样快活轻松地流下去吧，这就是你的幸福，你的归宿。'"③ 苏轼也想像陶渊明那样过一种田园诗般的生活，"莫作天涯万里意，溪边自有舞雩风。"④

---

① 辛弃疾：《生查子·游雨岩》，摘自《人类智慧宝库·中国智慧卷》，改革出版社 1992 年版，第 41 页。

② 辛弃疾：《清平乐·村居》。

③ 杨沫：《杨沫散文集》，人民文学出版社 1978 年版。

④ 苏轼：《被酒独行'遍至子云、威、徽'先觉四黎之舍》，摘自《人类智慧宝库·中国智慧卷》，改革出版社 1992 年版，第 41 页。

38. 大石河

河，文明的发祥地，文化的传承带，血液的基因水，故乡的怀念情。

大石河，在房山，燕山脚下，太行山脉。它从霞云岭向东走来，途经三角城，石花洞，万佛堂，坨里拐弯向南，到琉璃河，入河北省，汇入拒马河。在坨里流段，它经过了漫水河，新开口，口头，南观，八十亩地。

我小时候的家就在大石河畔，我们的很多快乐都在大石河那里。

春天，河水静静的，我们去河边的上坡上看花朵。

夏季，河水汹汹的，我们去河上趴浪勇敢又快活。

秋上，河水甜甜的，我们在水里面漤柿子洗野果。

冬里，河水硬硬的，我们在冰上滑冰鞋滑冰车。

亲爱的，亲爱的大石河，它流来了我们的欢乐，流进了我们的性格，流走了我们的童年，流淌着我们的传说。

亲爱的，亲爱的大石河，你什么时候才能河水再清清，你

什么时候才能河水再盈盈，你什么时候才能水鸟扑楞楞，你什么时候才能鱼虾蹿蹿蹦。

啊，大石河，我们的梦！

39. 百花山

赏游百花山，仿佛活神仙。

花香沁心脾，伸手摸蓝天。

景色忒灿烂，空气太新鲜。

无酒也沉醉，有家不愿返。

百花山因花得名，山上是草便开花，是花就有香。春天的时候，山上溪水潺潺，草木葱葱，山花烂漫，到处是花的海洋。我们去的时候是六月底，山上的花儿已经过了最旺盛的季节，心里有点儿小小的遗憾。

我们上山的时候，一路上在车内总能闻到一种独特的香味儿，还以为是一种高级香水，可身边美女坚决否认。开车的老乡笑着说，那是一种花香，当地人都叫它青杠花。我们就使劲儿往鼻子里吸，感到那么地清淡，幽静，文雅，令人心旷神怡，飘飘欲仙。还是不过瘾，我们就要求下车。在能停车的地方，赶紧下来，看到路边有很多开着白花儿的树，小花儿组成的花束一大串一大串的，有的有点儿浅绿，有的有点儿淡黄，从来没见过，我们都激动得又嚷又叫又跳。

那香气太迷人了，至今还能在脑子里闻到。我回来后特意查了查，那花树的学名叫暴马丁香，也叫白丁香，荷花丁香。

山上的花香是混合型的。我们看见的花，有紫丁香、蓝刺头、老鹳草、北乌头、糖芥、金莲花、黄花、绣线菊，还有很多不知名的花草。百花山真是名副其实。黄山归来不看岳，百花山归来不闻香。

百花山的天最蓝，云最白，空气最新鲜。

天是那样的蓝，湛蓝湛蓝的。蓝得那么澄澈，蓝得那么自然，蓝得你情不自禁伸开双臂，蓝得你欢呼雀跃身不由己。

云是那样的白，洁白洁白的。白得那么轻盈，白得那么柔软。白得你想轻轻地抚摸，白得你想热烈地亲吻。

空气是那么的新鲜，清醇清醇的。新鲜得你深深地吸入，久久不愿呼出，好能更深地品尝享受。新鲜得你赶紧呼出，好能更快更多地吸入，让心扉得到更大的满足。

百花山是国家级自然保护区，也是房山和门头沟生态涵养区的重点保护区域。百花山自然保护区地处亚高山地带，属于中纬度温带大陆性季风气候区，垂直变化明显，昼夜温差大，气温偏低，降水量较多，四季分明。在京城雾霾严重的时候，这里也依然大多都是好天气。这个地区年平均降水量，在720毫米以上，年均气温6～7摄氏度，七月平均温度才22摄氏度，而负氧离子含量为5级，是消夏避暑的胜地，是舒畅呼吸的天堂。

百花山动植物资源丰富，有华北天然动植物园之称。动植物是那样多，多得简直是目不暇接，品种繁杂，高低错落。喜欢动植物的人，例如我，真的想常年住在山上，真的想永远在那里生活。

保护区的植物，以暖温带华北石质山地次生落叶阔叶林生态系统为主，总面积为 21743.1 公顷。共有植物 130 科，485 属，1021 种，在北京地区是最多的，在整个华北地区也是最具代表性的。其中药用植物有 400 多种，如刺五加、五味子、党参、柴胡等。野生花卉种类繁多，如太平花、杓兰等，此外还有牧草、鞣料、油料、芳香、纤维等多种植物资源。百花山还有很多保护动物，国家一级的有金钱豹、褐马鸡、黑鹳、金雕等，国家二级的有如斑羚、勺鸡等。

心远地自偏，神往百花山。一年有一次，一次又一年。

40. 苍凉大漠

漫漫黄沙，黄沙漫漫。经过了多少年，经过了多少风雨，经历了多少酷暑严寒，你们从石头变成了沙粒。可能再过多少年，在重压之下，你们又会变成石头。一切都在循环，无限循环，周而复始。

有了雨水，你们变绿了，变成可爱的绿洲。缺少雨水，你们又荒凉了，又成了沙丘。周而复始，循环往复。

你们真的很美，金灿灿，软乎乎，好舒服。荒凉让人着迷，广阔令人遐想。

在这里，我们飞跃，滑沙滚躺。在这里，我们奔跑，迎接曙光。漫漫黄沙，黄沙漫漫。沙漠，我们来了。生命如流水，逝者如斯夫。

多少年以后，我们都会变成沙子，和你们一起干枯。可能多少年以后，在重压之下，你们又会变成石头。一切都在循环，无限循环，周而复始。

多少年以后，我们还会来到这里，看你们又变成了绿洲！

三、小思杂想

41. 热爱生活

活着为什么？活着就是为了生活。生活该怎样生活，生活就要热爱生活，热爱生活就是热爱生命，热爱生命就要热爱生活。

热爱生活首先要把生活想明白。什么是生活？生活就是过日子，柴米油盐，吃喝拉撒。我看过这样一个故事，是西方的。

一个记者看见一个渔民在海边渔船上晒太阳，很是纳闷，就问他："您为什么不去捕鱼？"

渔民笑了笑，反问："我为什么要去捕鱼？"

记者说："那是你的工作。"

"工作为了什么？"

"为了赚钱呀。"

"赚钱又为了什么？"

"为了享受生活？"

"怎样享受生活呢？"

"您可以到海边晒晒太阳呀！"

“噢，那你看我在干什么？”

“您在晒太阳呀。”

“那我为什么要去捕鱼？”

记者想了想，对呀，他在晒太阳，就是在享受生活。

活着就是为了生活，工作也是为了生活，生活就要好好地生活，要好好地生活就要热爱生活。

什么才是热爱生活呢？热爱生活需要有生活的热情。我这个人生活的热情很高，什么都喜欢。喜欢工作，工作很努力。喜欢吃饭，也喜欢做饭。喜欢干净，也爱收拾屋子。喜欢交朋友，也喜欢帮助人。喜欢社会进步，也喜欢为社会进步做贡献。当然了，喜欢玩儿，玩儿的种类多，玩儿得也开心。可是也有的人，觉得干什么都没意思，缺少生活情趣。他们不怎么热爱生活，所以生活也不热爱他们。

光热爱生活还不够，还要有生活的能力。要善于学习，努力工作，不断提高创造生活的能力，建立较好的物质基础，使生活变得更加丰富，更加可爱。要有享受生活的能力，不断提高自己的文化修养，兴趣广泛，爱美食，懂文艺，会体育。要能欣赏别人，也能自己亲为，这样能有更多的参与的快乐和表现欲的满足。要有人际交往的能力，人是社会的动物，交往既是一种生存需要，也是一种精神需要。有人际交往的能力可以向师友和同事学到很东西，可以增加事业成功的机会，可以获得交友的快乐。

42. 生活与美与文学

热爱生活的人，一定是爱美的人。因为热爱生活，所以爱美，因为爱美，所以热爱生活。

契诃夫说：“人应该一切都美：容貌、衣衫、心灵、思想。”生活就是为了享受美的东西：享用美酒、美食、美物，从事美的劳动、美的运动、美的活动，欣赏美的自然、美的音乐、美的书法、美的佳人、美的表演……

在这一点上，我可能有点儿像徐志摩。“他的人生观是一种‘单纯的信仰’：这里面只有三个大字：一个是爱，一个是自由，一个是美。他梦想这三个理想的条件能够会合在一个人生里，这是他的单纯的信仰。他的一生的历史，只是他追求这个单纯信仰的实现的历史。”徐志摩自己在《荒林》中说：“他在追求美的过程丝毫不感痛苦、绝望，恰恰相反，他充分享受着选择的自由、热爱的快乐。”

在我的一生中，也“充分享受着选择的自由、热爱的快乐”。我只从事了两个职业：在学校搞教学，在社科院搞研究。我“选

择的自由”则是文学，这是我的业余爱好，喜爱的程度甚至超过了主业。虽说作品不多，但却享受着“热爱的快乐”。在我的晚年，我也会无怨无悔地像司汤达一样说：“活过，爱过，写过。”像维特根斯坦一样说道：“我度过了美好的一生。”可是一过了知天命的年龄，才开始明白，能不能成为作家，其实没有什么意义，而追求文学之梦的过程，本身就是快乐的。能够用文学的语言写出些可以算是个东西的东西，不就是在享受生活，享受文学，享受人生吗？

回想起来，我生命中很多快乐的时光，都是那些在追求文学的时候。在以后的岁月里，我会更多地更好地为文学而活，为文学的美而活。

43. 珍爱健康

《逸经·不经之书》说："健全的身体比金子还珍贵，强壮的体魄比享用不尽的财富还有价值。"已经快到知天命的年龄了，可人们在猜我的岁数时，多半都说是在"而立"和"不惑"之间。我显得年轻，身体不错，因为我特别重视保健。我认为珍爱健康，就是珍爱生命，就是珍爱事业，就是珍爱生活。而且健康不仅仅是个人的问题，保持健康也是对家庭、对朋友、对社会的一种责任。

我珍爱健康，特别重视两个方面，一方面是身体的保养和体育锻炼，另一方面是精神的充实和心态的调整。

在身体保养方面，我的方法是一吃二忌三休息。我比较讲究食补和食疗，多吃杂粮、蔬菜、水果和干果，如白薯、玉米、豆子、萝卜、白菜、西红柿，葡萄、大枣、核桃等。对身体不好的嗜好，我坚决不沾，从不吸烟，从不酗酒。疲劳过度会伤身，所以我注意劳逸结合，尽量不熬夜，少熬夜，中午常常眯一小觉。

运动就是生命。我曾经教过八年体育，喜欢多种体育活动，长期坚持晚上跑步，有时还游泳、爬山、打球、下围棋、玩桥牌。体育锻炼的确用了一些时间，但这些时间并没被浪费，良好的体力和充沛的精力使工作更有效率，生活更有趣味。

精神和心理与身体健康关系很大。莎士比亚说：“旷达者长寿。”培根说：“经常保持心胸坦然，精神愉快，这是延年益寿的秘诀之一。”“经得起各种诱惑和烦恼的考验，才算达到了最完美的心灵健康。”

精神好比一个蓄电池，只有不断地充电，才能保持良好的状态。充电的方式多种多样，我充实精神主要靠读书写作和休闲娱乐，而亲近大自然也是一种非常好的方法。

人生在世，不可能事事如意，经常调整心理对于保持健康非常重要。我调整心理的主要方法是：淡泊名利，减少虚荣，防止嫉妒，知足常乐。凡事都要辩证地看，有一利必有一弊，有一弊也必有一利。事情看透了，想开了，有利时就不会忘乎所以，遇弊时也不会垂头丧气。生活中酸甜苦辣都是滋味，每一种滋味都是一种感觉，都是一种领悟，都是一种乐趣。生活的状态各不相同，大红大紫轰轰烈烈可以获得瞬间极大的快乐，无声无息平平淡淡也可以享受长久的幸福。精神和心理的及时调整，可以减少疾病，治愈疾病，也可以得到快乐和幸福，阿Q精神中其实也有合理的一面。

健康无比珍贵，它是生命力的象征，事业成功的资本，生活质量的保障。健康的体魄，使我能够更好地工作，更好地享受生活，因此我就更加珍爱健康，更加注意保持健康，更加重视促进健康。

44. 自然与生活

在我国现存的文字史料中，自然一词最早出现在《老子·二十五章》之中，而且论述的就是天地人的深奥哲理："人法地，地法天，天法道，道法自然。"老子所说的自然既包括宇宙空间、天地日月、风雨雷电、春夏秋冬等自然现象及其规律，又包括人与天地万物的相互关系。我们人类一直是属于大自然的，是大自然给予我们生命，给予我们思想，给予我们智慧，给予我们文化。然而，当人类有了一定的能力之后，人类却愚蠢地颠倒了自己与大自然的位置，企图与自然分离，与自然对立，企图统治自然，驾驭自然。人类野蛮掠夺自然，把自然当成自己的奴仆，过分地让自然为自己服务，绝对服从自己的意志，完全剥夺了自然中其他动植物生存延续的权利。人口数量发展过快，人类占据的地盘过大，对财富过于贪婪，对生活过于奢侈，对自然的需求量远远超过了自然的承载能力，原始的自然平衡被破坏了，严整的自然秩序被打乱了，神圣的自然规律被践踏了，结果到头来，我们人类却是聪明自误，愚为有报，既伤害了自然，也伤害了自己。好在我们人类及早地发现了自己的错误，并开始重新审视自己与大自然的关系，重新确定自己在大自然中的位置。我们人类只有不断清除自己文化的污染，精神的污染，才能清除和防范环境的污染，才能保持环境的洁净，才能实现环境的美化。我们需要摈弃反自然的病态文化，建设亲自然的健康文化。我们应该继承古人天人合一的圣明文化，即自然文化，我们应该创造与自然和谐共生的理智文化，即生态文化，只有不断净化我们的文化，大力提倡自然文化和生态文化才能做到保护自然，净化自然，美化自然，推动人类社会在与大自然的共生共荣中朝着更高层次的文明进化。

人类和大自然到底是什么样的关系呢？应该说，人类和大自然就是一家，大自然是我们人类的母亲，我们人类像其他一切动植物一样都是大自然的儿女，大自然生育我们，哺育我们，抚育我们，教育我们。她是那么纯朴，那么无私，那么真诚、善良和美丽，我们应该尊重她，敬仰她，热爱她，保护她。我们需要具有一种大自然情怀，一种大自然情感，一种大自然情结。只要怀有对大自然深深的爱恋，我们就会十分透彻地理解她，十分谦顺地遵从她，十分虔诚地爱戴她，十分自觉地保护她。我们要用诚挚的忏悔来慰藉她的心灵，用感恩的目光来景仰她的容颜，用爱抚的双手来医治她的创伤。我们要重新给她穿上绿装，重新给她戴上鲜花，重新给她披上彩霞，把她装点得更有韵致，更加秀美，让她永远年轻，永远可爱，让她和她的所有的儿女一起在温馨亲切的家园中共同生活，共同繁荣，共同享乐。

中华文化的自然主义精神：对大自然的喜爱、亲近、欣赏和保护，形成天人合一的完美共存。文化并不是完全独立于自然之外的精神虚体，文化是从自然中产生的，而是依赖于自然的人和自然的物体实存表现。《周易》中阐明了文化的生成道理："刚柔交错，天文也；文明以止，人文也。观乎天文，以察时变。观乎人文，以化成天下。"这是我国"文化"一词的最早出处。刘勰在《文心雕龙·原道》中生动地描述了文化形成的过程，他们说文化和文明是人类根据对自然现象的观察领悟而创造并不断发展的。仰望太空，日月辉光；俯视大地，山河锦绣。人类生于自然，长于自然，明于自然，师法自然。

中华文化在审美取向方面，以自然审美为最高境界。我国古代哲人推崇"原天地之美"，认为真正的美存在于宇宙的自然造化之中，"具备万物，横绝太空，荒荒油云，寥寥长风，超以象外，得其环中"。纯自然的天籁景象，青山绿水，莺歌燕舞，蛙鸣虫叫，才是精神的最高愉悦。人们从大自然中获得观感体会和艺术灵感。

自然审美一定要接触自然。接触自然最好的方法就是回归大自然。当你离开喧嚣的城市，走到真正的自然山水中时，你会从心底里感受到自然万物的至纯至朴，至真至美。

听，大自然中有诗歌，有音乐："桃之夭夭，灼灼其华。""空山新雨后，天气晚来秋。明月松间照，清泉石上流。"

看，大自然中有风景，有彩画："两个黄鹂鸣翠柳，一行白鹭上青天。”“远上寒山石径斜，白云生处有人家。停车坐爱枫林晚，霜叶红于二月花。”

走进大自然，你会被大自然那纯真的气息所吸引。当我们来到巍峨青山的脚下，我们会被初春野花的芬芳所陶醉；会因盛夏草木的清香而驻足；会为金秋硕果的醇郁而兴奋；会借严冬西风的豪爽而放歌。当你置身苍茫大海的身边；海浪层层而来好像在合唱一曲老歌；虾蟹纷纷而至简直是在上演一出戏剧；鱼儿群群游过宛如献上一组舞蹈；海鸥吱吱鸣啼似乎是在朗诵一首小诗。当你跨上无垠草原的脊背，那此起彼伏的绿浪；那时隐时见的牛羊；那洁白如雪的云朵；那湛蓝广阔的苍天。这脚下肥厚的土地；这眼前奔驰的骏马；这手中鲜嫩的牧草；这行中无比的豁达！相信你也一定感受到了大自然的气息，感受到了这纯真的美感。

走进大自然，你会被大自然那朴实的面貌所感染。山中的树木永远那么的朴实无华，它们总是站在那儿，几十年如一日。它们每天都只是那么站着，一身朴实的深色大衣，春天来了就披上件绿军装，到了秋天又换上一身红黄彩衣，只有到了冬天它们才会脱下“工作服”，伸伸懒腰，偶尔也伴着风的节奏做个广播操。小动物们都爱和它们玩耍，时常爬到它们的头上，做着各种游戏……渐渐地，它们越长越高，越长越粗，这朴实中孕育着一种美，一种动态的美，这种美叫作生命之美，它朴实而珍贵，无华而又有着无穷的感染力，使人们忘记烦恼，返璞归真。

走进大自然，你将对大自然真挚的审美观而共鸣。庄子在《庄子·知北游》中说道："天地有大美而不言，四时有明法而不议，万物有成理而不说。"整个自然界都充满生机，万物均充满生命 。当你融入自然之中，以自然的审美去看万物，你将会发现只有最真挚最自然的，才是最美的。

自然界空气的流动形成了最初的音乐，"夫天籁者，万吹不同，而使其自已也。"天籁就是风的杰作，是自然运动中的一种节奏，一种音乐。这便是自然的箫声，因为它的演奏没有任何音符调式，所以也就没有因失去音符调式而产生的遗憾，最自然也最动听。

自然亦体现文学审美观，"文如万斛源泉，不择地而出，在平地滔滔汩汩，虽一日千里而无难，随物赋形而不可知也。"这句话说明了语言的表达、语言的风格都是源于自然，自然是美的最高境界，一切文学都该遵循随物赋形，率性认真的自然风格。

自然是我国特有的山水画的最好素材，正如北宋绘画理论家所说："见烟云白道而思行，见平川夕照而思望，见游人山客而思居，见岩扃泉石而思游。看此画令人生此心，如将即处，此画之意外妙也。"可见一幅山水画的最高境界就是合于自然，归于自然，使人有见而欲入的感觉。

这就是自然的审美，只有出于自然，合于自然，奏出来的音乐才是最动听的；写出来的美文才是最生动的，画出来的风景才是最迷人的。

通过自然，人们可以得到审美享受，通过自然，人们还可以陶冶情操，提高道德修养。人们的德行，有很多都是从大自然中领悟出来的。子曰：“知者乐水，仁者乐山，知者动，仁者静，知者乐，仁者寿。”人类最高的技能是“知”，最高的道德是“仁”，而自然界中山的品格是仁爱，是静默，是修为；水的品格是智慧，是变动，是快乐。山水中蕴含了人的德行。人们从自然界获得启示，升华为自己的德行。可见人们的德行与大自然有着密切的联系：自然有道，自然怀德。孔子的思想就明显受到了大自然的熏染润浸，所以他们提出了“仁政”的思想，他们还把自然的规律推及政治，在《论语·为政》中记叙了这样的话：“为政以德，譬如北辰居其所而众星拱之。”这句话是指一个统治者必须拥有向北斗星一样从容祥和的光辉，臣民才会如群星般靠近他们。孔子是我国伟大的思想家、教育家，他的高尚的德行影响了我们整个民族。也是因为大自然才使我们有了这优秀的传统。

当社会的风气不正，那些德行高尚的贤人无法适应的时候，他们便会选择自然、回归自然。因为自然界的怀抱是宽广的，在自然界中他们可以按自己的道德标准生存。

魏晋时期的“竹林七贤”便是这样：嵇康，阮籍，山涛，向秀，刘伶，阮咸，王戎这七位名士恶于社会的混乱，隐居山林，他们因性聚类，集于竹下，放歌啸吟，饮酒自乐。他们积极倡导“越名教而任自然”，在反礼教的呐喊中，在向大自然的回归中形成了一种新的风骨，一种清雅，率真神韵飘逸的自然人格。正是自然的力量完善人们的道德，冲破了礼教藩篱。

在“竹林七贤”之后，有一位更加知名的“田园诗人”，他就是陶渊明。他们本是高官之后，却心志高远，不“为五斗米折腰”。他们乐于回归自然，修身养性，留下了不少反映他们平和自然形态的佳作，其中诗歌《饮酒》，散文《归去来兮辞》成为脍炙人口的名篇。

饮 酒

结庐在人境，而无车马喧。
问君何能尔，心远地自偏。
采菊东篱下，悠然见南山。
山气日夕佳，飞鸟相与还。
此中有真意，欲辩已忘言。

自然，能使我们得到放松，能给我们带来美的感受，能为我们提供丰富的资源，能帮我们延续人类的生存和社会的文明。所以，亲爱的朋友们，当你面对大自然时，当你享受大自然为我们带来的益处时，请你珍视自然。如果失去自然，我们也就失去了现在的美好生活，因为没有自然，也就没有我们生存的环境，没有生物，没有资源。那个时候我们将追悔莫及。让我们都自觉地行动起来一同去保护自然，保护我们的生存空间。

45. 和睦生活

我们生活在世上，都希望幸福快乐地生活。幸福快乐的生活由很多因素构成，其中一个很重要的方面就是家庭和睦。

说到和睦生活，首先得说说家庭。

什么是家庭？这个问题似乎很简单，家庭是以婚姻和血缘关系为基础的社会单位，包括父母、子女和其他共同生活的亲属。然而，要问家庭的内在含义，则不一定人人都晓得，而且看法也会各不相同。从表面上看，家庭只是共同生活的成员共同生活的住所，而从深层次来理解，家庭——尤其是美满幸福的家庭，应该是一种特别的环境，安宁而舒适；应该是一种特有的氛围，温馨而甜蜜；应该是一种特殊的情感，自然而真切。有了这样一种特别的环境、特有的氛围、特殊的情感，一家人才能和睦地生活，而一家人只有和睦地生活，才会建立起一种特别的环境、特有的氛围、特殊的情感。

家庭有什么作用？“家庭是文明的核心”（ 威尔·杜兰）。由于文明的发展，人类才组建了家庭，由于家庭的组建，文明才更加发展。家庭是人类繁衍的基地，是道德培养的摇篮，是文化传承的载体，是社会稳定的基础。

和睦的家庭，可以使道德获得沃土。毕达哥拉斯说：“美德就是和谐。”教育学家马卡连柯认为：“家庭是社会的一个天然的基层细胞，人类美好的生活在这里实现，人类胜利的力量在这里滋长，儿童在这里生活着，成长着——这是人生的主要快乐。”家庭中的友爱，有温暖心灵的功能，也有感化回应的作用。在一个和睦的家庭里，家庭成员如果彼此相爱，互相关心，互相帮助，不仅本人可以得到被别人关爱的幸福，反过来自己也会因为感动而去主动地关爱别人、关爱社会，因而会自然形成助人为乐的好品质。

和睦的家庭，可以使事业长出翅膀。汤普登论述了家庭、善良生活、美好思想，以及崇高意愿之间的顺序关系：“一个

温暖甜蜜的家，可以带来善良的生活。一个人如果没有善良的生活，便不会有美好的思想，也不会涌发崇高的意愿，因为人的心灵必须寄托在健全的基础上。”马克思有一个非常和睦的家庭：他的夫人燕妮勤劳节俭，温柔贤惠，使他完全不必为家务事操心。他们的女儿们娴静淑雅，端庄稳重，使他们得到很多的天伦之乐。正是这种和睦的家庭生活，使马克思在精神上得到巨大的支持，得到极大的鼓舞，得到宝贵的时间，得到无限的力量，从而能够使他充满热情地全身心地投入到他的科学研究之中，并且为人类社会的发展做出了伟大贡献。

和睦的家庭，可以使社会增加宁静。兰尼说：“一个美满的家庭，犹如沙漠中的甘泉，涌出宁谧和安慰，使人洗心涤虑，怡情乐性。”和睦的家庭，能够使夫妇相亲相爱，相依为命，保持心理的健康和良好的操行，因而使他们的家庭成为社会稳定的细胞，成为社会发展的小型发电机。列夫·托尔斯泰说：“幸福的家庭都是相似的，不幸的家庭各有各的不幸。”仔细观察，幸福家庭的相似之处就在于和睦。和睦家庭中的孩子，沐浴着爱的阳光雨露，心地里生长出纯洁善良的幼苗，长大后为社会投下一片片和平博爱的绿荫。不幸家庭的不幸各不相同，归纳起来可以看到，其不幸的恶果也有相似之处，这就是：一个生活在残破凄冷家庭的孩子，他或她们原本纯真可爱的心灵，会被可怕的阴影笼罩，性格会扭曲畸变，学习可能会失去热情，操守可能会越格出轨，甚至会滑向犯罪的泥潭。据调查统计，在失足青少年中，多一半都受到了家庭分裂之不幸的影响。

要想和睦生活，还要有好的方法。维斯冠说：“世界上最幸福的事情，就是拥有一个美满的家庭。家庭的每一分子都应该和睦相处，而且彼此属于对方。” 和睦生活的主要方法是，以中青年夫妻为核心，处理好两个方向的关系。

要享有和睦生活，首先要处理好横向关系。在一个家庭中，起最关键作用的就是中青年夫妻。如果他们两个人的修养很好，关系融洽，与老人和子女的关系就容易搞好，家庭自然也就会保持和睦的状态。那么，怎样才能使夫妻之间保持比较稳定的恩爱和谐的关系呢？一个很重要的方法就是相互欣赏、赞扬、关爱、信任、理解、谅解和忍让。

一些名人是这样论述夫妻关系的：

俄国作家列夫·托尔斯泰说：“夫妻必须互相尊重，而不是互相拴上链子。”他的意思是说，夫妻也是独立的个体，也有自己的个性和交往联系，而不能把配偶当成自己的私有财产，甚至限制配偶的正常交际活动。

法国的罗曼·罗兰说：“无论如何女人绝不应该把整个生命都沉浸在对孩子的爱中。”爱孩子是理所当然的，但是千万不要过于冷落了有时也像是大男孩的丈夫。

法国巴尔扎克认为：“夫妇间是应由相互认识而了解，进而由彼此容忍而敬爱，这样才能维持一个美满的婚姻。”夫妻的性格不可能完全一样，爱好不可能完全一致，观点不可能完全相同，因此就不可能不产生矛盾。有矛盾很正常，而不能化解矛盾就不正常了。要化解矛盾其实也很简单，只要有“敬爱”，有“容忍”就足够了。

美国教育家卡耐基说：“世界上没有比家庭更需要赞美的地方，也没有比家庭更容易被忽视应该称赞的地方。当你和我学到这赞美他人的原则后，首先就得应用在家庭中。每一个做妻子的都有她的优点，至少他们的丈夫承认他们具有某些优点，才与他们携手共度这漫长的人生旅程。可是结婚几年后，夫妻的关系越来越淡，做丈夫的似乎已忘了应该常常给予妻子一点小小的赞美。”

要享有和睦生活，还要处理好纵向关系。尊老爱幼是中华民族的传统美德。《论语》中“孝悌也者，其为仁之本与”的意思是，孝敬父母，敬爱兄长是仁义慈爱的基础，一个连亲生父母都不孝敬的人是不会热爱社会，关心他人的。孟子“老吾老以及人之老，幼吾幼以及人之幼”则进一步阐发孔子的孝悌仁本的思想。对于长者，最重要的是尊重。子女对长辈的关怀照顾，是应尽的义务，也是一种高尚的品德。

对于子女，最重要的则是平等相待，把他们当成社会上独立的人，当成自己的朋友。维斯冠说：“有些父母不将子女当作一个独立的个人，他们认为子女就是子女，子女必须按照父母的意志行事，这种父母最难相处。是不是子女不按照父母的意思发展便要受到责备？是不是子女没有权利按照自己的理想发展？这都是不对的。最可怕的是，父母将子女和自己比较，这种比较对子女来说，是很难接受的，而且子女也很难同意父母的见解，使子女怀疑父母对自己的诚意。”应该承认，父母与子女之间存在着一条由年龄、时代、阅历、思维等差异所形成的代沟。作为强势一方的父母，对于子女的不同意见，甚至子女严重的缺点错误，也不应该采取专横压制的态度，更不应该使用打骂的手段。填平代沟的最好方法就是理解和沟通，和风细雨地情真意切地说明道理就可以了，子女一时想不通也不要紧，只要不是大的原则问题，他们都会慢慢解决好的。回想一下，我们做父母的原来不也是像他们一样，有过一段青春期时盲目进行反抗的特殊经历吗？因此说，一般情况下，代沟不填可自平。正像比切尔所说："直到我们自己成了父母才明白父母之爱。"而我们的子女，长大以后也会明白的。

家庭的和睦，是个人幸福的一个重要条件，也是社会祥和的重要根基。俗话说，家和万事兴，和睦乃利德之气，和睦乃齐家之本，和睦乃安国之基。

46. 俭以养德

“俭以养德”是一条古训，是现代社会更应该提倡的一种人生观念，一种生活态度，一种行为规范。“俭，德之共，侈，恶之大也。”

俭是一种人生观念，它涉及人的幸福观和苦乐观。俭的本身需要约束，需要克制，所以俭的过程可能是有痛苦的。但是，有了约束，有了克制，人就降低了奢望，抑制了贪欲，减少了烦恼，因而俭的结果往往又是幸福的、快乐的。

俭是一种行为规范，它是对浮华浪费行为的一种有效而且有益的约束。钱泳在《履园丛话·俭》中这样论述俭与行为的关系：“凡事一俭，则谋生易足；谋生易足，则于人无争，亦于人无求。”李商隐在《咏史》一诗中说出了勤俭的好处和奢侈的恶果：“历览前贤国与家，成由勤俭败由奢。”由此可见，提倡勤俭对于家庭幸福和国家安宁关系重大，因为家庭和国家都需要道德的维系，而在各种道德修养中，俭是一种很重要的方法。萧伯纳说：“节俭是一门艺术，它能使人最大限度地享用生活。热爱节俭是一切美德的根本。”

俭是一种生活态度，它是生活标准的自我定位。艰苦朴素，勤俭节约是人类的美德，是中华民族的优良传统。艰苦朴素，勤俭节约的核心是俭。“俭则寡欲，可以不役于物，直道而行，谨身节用，逃罪丰家。”古今中外立大业、成伟名者，大多都是节俭朴素之人。诸葛亮自隐于山中，居茅庐，穿布衣，淡饭粗茶，苦读勤思，养成高尚品德，造就雄才大略。他的名言“静以养身，俭以养德，非淡泊无以明志，非宁静无以至远”，不但是他们本人的座右铭，还鼓励人们修身养性，完善人格。

俭之所以可以养德，因为俭与道德之间有着内在的本质性的联系。俭是道德的根基，有了俭，才有朴实，才有勤劳，才有善良，才有廉洁。

只有俭，才有朴。俭不完全是为了节省钱财，俭最重要的作用是可以保持人的本真生活状态——纯朴。俭朴的生活使人淡泊名利，使人平实厚道，使人谦和慈善。高尔基说：“一切出色的东西都是朴素的，它们令人倾倒，正是由于自己富有智慧的朴素。”

只有俭，才有勤。俭了就有时间，就有精力，就能勤勤恳恳地为事业而工作。

只有俭，才有善。“俭以寡营可以立身，俭以善施可以济人。”人的魅力在于心灵，心灵之美在于善行。只有俭，才能廉。“唯淡可以从俭，唯俭可以养廉。”

随着生产力的发展，人们的生活水平不断提高，我们再提倡俭朴，是不是不合时宜呢？其实不然。我们提倡的俭朴，不是推崇苦行僧的禁欲主义，而是相对来说的一种清淡无华的生活，实际上是一种精神的追求，一种处世的态度。我们所说的俭朴，是在生活水平总体提高过程中的相对较低的自我定位，而不是一味地追求享受，穷奢极欲，以至于丧失理智，丧失人格，丧失良心，丧失道德。孟德斯鸠说："爱俭朴限制了占有欲。"而有了简朴的精神和态度，就会清心寡欲，不贪不占，恪守德行，慈爱良善。

俭以养德，德而克勤克俭，德而廉洁守法。

47. 幽默与快乐

注意到幽默，是在上大学的时候，一位同学给我提了个意见，说我不够幽默。

于是，我开始关注幽默，研究幽默。幽默是什么？怎么才能幽默？买了一些关于幽默的书，不好买，因为当时关注的人并不多。读了一些幽默的故事，都是外国的，因为幽默本身就是源于西方的，我们有的是滑稽，调侃，自嘲，逗贫，嘎股，都有幽默的成分，但都不同于幽默。

我发现，幽默大多是文雅的、智慧的、博学的、大度的，需要有较高的修养、学养、素养和涵养，还要有较强的观察能力，较快的反应能力，较好的表达能力，甚至还要有较高的模仿表演能力。做一个幽默之人，能够快乐别人、快乐自己，还能提升自己的人格魅力。

于是，我开始有意识地探索幽默的规律、种类、方法，开始有意识地模仿幽默，制造幽默，享受幽默，尽管还不太自信，不太自然，不太自如。

因为不是太笨，我的幽默水平逐渐有了提高。我发现我身边因我说话而发出的笑声多起来了，我的心情也更好了。

48. 认识自己

四十多年前，我开始认真读一点儿书，并开始第一次写日记。记得日记的第一页，只写了一句话：“认识自己，走自己的路。”

“认识你自己”，是镂刻在古希腊特尔斐的阿波罗神庙上的三句箴言之一，据说这句话是苏格拉底提出的，是从神话向哲学过渡的一种探索。

我当时认识自己，并不是从哲学的角度，只是考虑到对自己的实用指导的意义。就是想逐步弄清楚，自己活在世界上最喜欢做的是什么，自己最大的潜力，或者说自己最可能成功的能力是什么。认识自己，走自己的路，似乎容易，其实很难很难，特别是在那个年代，命运往往不是自己可以掌握的。

教大学的时候，我对学生聊起了自己成长的过程，跟他们说了自己的体会：“自我审视，自我评价，自我设计，自我完善。”自我审视，才能对自己的思想和行为进行自我控制和调节，使自己形成完整的个性。正确的自我评价，对个人的心理生活及其行为表现有较大影响。自我设计，是基于对自身的认识和发展情况，进行及时的肯定或调整，以保证发展方向的正确和保持适当的速度。自我完善，就是不断根据自己的情况而加强修养，提高与自己发展方向相关的能力，提升自己的做人品位和幸福指数。

人生是一场自我完善的过程，不断塑造更完美的自己，快乐地走完自己的人生旅途。

认识自己，走自己的路，以前客观上没有做到，主观上也努力不够。现在好了，退休以后自己几乎可以完全主宰自己了，可以自由自在地走自己喜欢的路了。

49. 不学礼 无以立

老北京的邻居在见面时，总是彼此热情地打招呼：“您吃了吗？”“吃了，吃了，您也吃了吧？”

听到这样的问候，彼此都觉得心里暖乎乎的。这就是一种民俗，一种传统，一种美德，一种文明礼貌。不仅在北京，我们全中国都是讲文明礼貌的。中国是一个文明古国，中国是一个礼仪之邦。

中华民族的传统文化和传统美德涵盖面广，内容丰富而深刻。礼是中国传统美德中非常宝贵的精神财富。几千年来的中国文明孕育了礼仪文化，而礼仪文化又推动了中华文明的形成和发展。我国的礼仪规范是中华特有文明的象征，是中华民族美德的体现。

礼仪，作为一种传统美德，具有历史的传承性，具有不衰的生命力。在历史上，从传说中的三皇五帝，原始社会的尧舜禹夏，到有信史可考的商汤周武，群雄逐鹿的春秋战国，一统天下的秦皇汉祖，一直到大唐的鼎盛，两宋的沿袭，明清的衰落，自古以来历朝历代有作为的帝王，都以礼为上，以礼为重，以礼为纲，使得中华民族优秀的文化和文明得以发扬，使得社会能保持稳定并不断地进步，使得人们的道德水准和文明素质不断提高。荀子也说过：“人无礼则不立，事无礼则不成，国无礼则不宁。”可见礼仪在我国古代社会中的重要位置。

其实，讲究文明礼貌，不仅是在古代社会，也不仅是在中国。从某种意义上说，我们整个人类发展的历史，就是一部文明礼貌的发展史。我们现在提倡文明礼貌，对于我们国家的现代化建设和精神文明建设，对于整个世界的和平发展都具有十分重要的意义。

我们人类从原始人进化发展至今，已经有几十万年了。人类之所以能够从普通低等动物进化成人，完全是文明的结果。在西方，英语、法语、德语、意大利语中文明（civility、civilité、Zivilität、civilità）一词都是从拉丁语礼貌（civilitas）一词转化而来的。而在人类文明发展的过程中，礼仪一直扮演着十分重要的角色。德国学者诺贝特·埃利亚斯在《文明的进程》一书中这样论述礼貌与文明和教养之间的关系：“与文明一词相同，‘有教养’首先是指人的行为和举止，指人的社会状况，他们的起居、交际、语言、衣着等。”而我们可以这样说，人的进化，如果没有礼，恐怕进程会大大减慢，人类社会的稳定，如果没有礼，可能根本无法维持。文明的发展需要礼，文明的延续需要礼。只有讲文明礼貌，人际关系才能和谐融洽，家庭邻里才能和睦相处，单位社会才能团结安定，国家民族才能自尊强盛。正如俄国哲学家赫尔岑所言：“生活里最重要的是礼貌，它比最高的智慧，比一切学识都重要。”

讲文明礼貌，有助于个人在社会的立足和发展。大教育家孔子大力提倡礼仪，他说：“不学礼，无以立。”“无礼，则手足无所措，耳目无所知，进退揖让无所制。”礼仪是人们在社会立足的一种必备的品质。在我国古代，有教养的人家，孩子从小就受到礼仪的熏陶和教育。一个人为了要想在社会上生存发展并有所作为，就必须具备必要的礼仪素养。一个人只有做到知礼、懂礼、行礼，他们才能受到别人的尊重，才能有较好的发展机会。

讲文明礼貌，有助于理想和事业的成功。清朝学者颜元说：“国尚礼则国昌，家尚礼则家大，身有礼则身修，心有礼则心泰。”可见礼仪之事既关系到个人修身养性和家庭的兴旺，又关系到事业成功、社会文明和国家的昌盛。从古至今，人们广泛传颂着许多因注重礼貌而成就伟业的动人故事：张良拜师，更增文韬武略；萧何月下追韩信，使刘邦得猛将而建大汉朝；刘备三顾茅庐，终于使诸葛亮出山辅佐他争得三分天下……

讲文明礼貌，有助于国家和世界的太平。国与国之间需要互相尊重，以礼相待，能够避免发生战争，维护世界和平。1954 年，印度总理尼赫鲁和中国总理周恩来共同提出和平共处五项原则，即互相尊重主权和领土完整、互不侵犯、互不干涉内政、平等互利、和平共处。这五项原则的提出，使国家关系的协调处理有了合理的依据，为世界的和平做出了巨大贡献。

从以上的故事和事例中，我们能够认识到礼的重要性，所以我们应该更加自觉地学礼。而要学礼，就要首先知道什么是礼。

对于礼，人们有多种理解。一位名叫卢易森的西方社会学家在《礼貌》一书中这样说：“讲礼貌就是以最和气的方式说最客气的话，或做最善良的事。”法国启蒙思想家孟德斯鸠在《论法的精神》一书中论述了礼貌的作用：“礼貌使有礼貌的人喜悦，也使那些受人礼貌的人们喜悦。”温特说：“彬彬有礼是高贵的品格中最美丽的花朵。”忒壬斯在《两兄弟》中说：“对于一个人来说，礼貌是最为可贵的。”戴圣在《礼记·中庸》中说：“敦厚而崇礼。”他们在《礼记·礼器》中又说：“忠信，礼之本也；义理，礼之文也。”

礼是在社会生活中为了表示平等、友好和自尊而自然而然形成的风俗习惯。它是人们进行接触、交往、相处的可爱纽带，是人们达到了解，沟通心灵的平顺桥梁，是人们修养的无形名片，是社会关系的黏合剂。约翰·洛克说：“礼仪的目的和作用在于使本性的顽蛮变得柔顺，使粗劣的秉性变得温和，人尊重别人，与别人合得来。”

礼的具体表现有礼貌、礼节、礼让、礼俗等。礼的对象包括礼天、礼祖、礼人及礼待自然生物。在现代社会，礼更加强调尊重他人、尊重民俗和尊重大自然。

从礼的外在表现、发生机制、相互感受、社会作用和形成条件诸方面来看，它具有极其深刻的内涵和非常广泛的外延。

简要地说，礼具有这样一些特征：

礼，是一种形式——庄重、神圣、儒雅、谦敬。

礼，是一种态度——虔敬、温和、谦让、关护。

礼，是一种感觉——亲切、温馨、舒适、甜美。

礼，是一种修养——博爱、彻悟、平实、仁厚。

礼，是一种德行——真诚、热情、友善、节制。

礼，是一种规范——自然而然、约定俗成、简便易行、己悦众赞。

从礼的特征可以看出礼的性质，它是行为规范，属于道德的范围，只是社会的软性维系纤维，而不像法律一样具有刚性的约束力，但是礼在人们的日常生活中，比法律具有更广泛更经常的实用价值。

礼既然如此重要，我们就要大力提倡。那么，怎样才能做一个尚礼之人呢？

有道德才能讲礼，礼需要修养和爱心。修养是礼的基础，一个没有良好修养的人，是不会自觉地身体力行文明礼貌的。古希腊哲学家赫拉克利特把礼貌看得像阳光一样重要，他们说："礼貌是有教养的人的第二个太阳。"崇尚礼仪，就是提倡人们尊重他们人的人格、意愿、情感和权利，因此孔子提倡"克己复礼"。蒲柏在《席间闲谈》说："真正的礼貌就是克己，就是千方百计地使周围的人都像自己一样平心静气。"周恩来总理有很高的道德修养，待人十分礼貌。一次，他们去参加第二次全国人大的小组会议，当他们的车将要开到饭店门口时，服务员赶紧让前面已经停在门口正要有人走出来的车往前再开一点，好让总理的车停在门口。总理下车后对那位服务员说："我是代表，人家也是代表，我不能搞特殊化。快去把人家请过来。"总理没有进门，他们在那儿等那位代表下车，主动迎上去握手表示歉意，并且坚持请那位代表先于他们走进大门。"对伟人来说，没有什么能比礼貌和节制更合适的了。"（西塞罗《论责任》）

爱心是礼待他人的原生动因。茹贝尔说："礼貌是博爱的花朵，不讲礼貌的人谈不上有博爱的思想。"一个人只有具有强烈的爱心，爱亲人和朋友，爱祖国和人民，爱自己的职业，爱美好大自然，他们才会心甘情愿地礼待他们和它们，而不会把礼当成一种伪装，当成一种负担。公共汽车售票员李素丽同志，特别热爱自己的工作岗位，特别崇尚职业道德和社会公德，她热情对待每一位乘客，彬彬有礼，服务周到，称得上是一位社会礼仪的楷模。约翰·洛克在《教育漫话》说："礼仪不良有两种表现：第一种是见人忸怩羞怯；第二种是行为不检点和轻慢。要避免这两种情形，只有好好地遵循一条规则，这就是，不要看不起自己，也不要看不起别人。"现在社会上也还有一些人，他们不重视个人的修养和行为规范，待人接物不讲礼貌、礼节、礼让，言语粗野，行为蛮横，缺少修养，不尊礼数。其实他们这样做，不仅是不尊重他人，也降低了自己的人格，而一个文明的社会是不可能接受这样的不良行为的，因此他们终究会得到自己结下的苦果，久而久之，他们会失去亲人、朋友和同事的亲情和友谊，他们发展的机会会在无形中受到严重的影响，甚至还会发展到违反法律，而最终走向犯罪的深渊。

提高修养就要读书，知书才能达礼，礼需要学习和领悟。读书是学礼的常用方法。孔子特别强调学习对礼的重要性，“博之于文，约之以礼”，是说只有博览群书，才能知礼懂礼，并且用礼来自觉规范自己的行为。高尔基说：“要热爱书，它会使你的生活轻松，它会友爱地帮助你了解纷繁复杂的思想、情感和事件，它会教导你尊重别人和你自己，它以热爱世界，热爱人类的情感来鼓舞智慧和美化心灵。”读书可以使人懂得事理，使人陶冶情操，使人儒雅善良。礼仪不仅要从书本中学，还要注意入门问讳、入乡问俗，因为关于待客、访友各地有各地的礼节，各民族有各民族的风俗。比如说，在西方国家，花有不同的寓意，如果不懂就乱送，闹笑话丢丑还是小事，造成误解引起矛盾就很麻烦了。

领悟是很好地用礼的关键。礼不是背出来的，也不是套出来的。除了一些公式化的礼节，只要真情、热情、关爱，礼就能自然而然地表现出来，而且会非常得体自然，不显得做作生硬，有时即使是弄错了礼的程序或漏掉了一些小的礼节，人家也不会嗔怪的。这就叫作，只有心里有，就什么都有了。

礼需要自己学习和领悟，还需要有家庭教育和社会环境。英国哲学家洛克说：“礼貌是儿童和青年所应该特别用心地养成习惯的第一件大事。”家庭是孩子的第一课堂，父母和亲戚朋友就是孩子从小学礼的最好的老师，他们的言传身教会产生深刻而久远的影响。一个守礼重法的家庭，会形成一种以礼相待的规矩，会形成一种崇尚礼德的小气候，使儿童和青少年潜移默化地受到礼德的熏陶，学礼、知礼、行礼就变成一种自觉的行为规范。“孔融让梨”“陆绩怀桔”这两个故事都说明了同一个道理，那就是，如果受到良好的教育并且有一种良好的家庭环境，一个孩子在对许多事物还尚未了解的时候，就能表现出礼让他人、知礼尽孝的良好品质。

礼是一种良好的社会风尚，是一种有益的人文环境。礼的环境对人们的道德水准和文明程度有着潜移默化的影响。在现代社会，应该利用报纸、电台、电视、公益广告等各种媒体加大崇尚礼仪的宣传力度，造成一种人人讲文明礼貌，处处有文明礼貌的良好氛围，政府要为国家公务员规定必须遵守的礼仪规范。日本现在出现了一种新型的学校——礼貌训练学校。许多公司为了提升自己企业的文化和社会形象，都把新雇员，尤其是年轻的雇员送到礼貌学校，让他们在那里学习如何展现高雅的举止：如怎样礼貌地迎送客人，怎样对不同的人们使用不同的敬语，怎样得体地送出和接收名片，等等。

礼是人类文明一支美丽芬芳的花朵，愿她盛开在每一个人的心中，愿她盛开在社会的每一个地方，愿她使我们的生活变得更加美好。

50. 书与生命

每个人的生命都是一本书，一本用自己的生命写成的书，无论其内容多少，生动与否，价值高低。我的生命之书也许有一点儿特殊，这书中的每一章节、每一段落，甚至每一行、每一字，都与书密切相关：念书、教书、读书、写书。回想起来，发现我的全部生命几乎都是书。书就是我的营养，书就是我的血液，书就是我的灵魂。若是没有书，真不知道我的生活会是什么样子；若是没有书，真说不好我的生命还有什么意义。

也许是有书缘，很小的时候我就喜欢看书。妈妈回忆说，只要有书，我就能特乖地坐在一旁，不言不语，慢慢地翻，细细地看，别提多入神了。当然，那时候多是一些小儿书。上学了，我从来没有让母亲为我的学习操过心。尽管我也很贪玩，可抄书、背书、温书的事情，压根儿就没烦过，这可能就是与书的缘分吧。

如果不是命中的缘分，那一定就是时代赋予的命运。十六岁初中毕业就被分配去教书，说是什么“要掺沙子，改造教师队伍”。起初我极不情愿去做那“臭老九”的工作，宁可去插队接受贫下中农再教育。而在“活学活用毛泽东思想，狠斗私字一闪念”“灵魂深处爆发革命”之后，终于走进了那个“基本上是资产阶级世界观”的队伍。但我非但没有“改造教师队伍”，反而很快被兢兢业业的“臭老九”们同化了，我的书教得还挺来劲儿，竟然被连拔三级，两年多时间就从山区小学、带帽儿中学，一直到了学区中心的完全中学。随着工作要求地不断提高，“方恨少”的感觉油然而生，而且越来越强烈。于是自觉不自觉，和书的接触也就越来越多。从那时起，我开始喜欢文学创作，并且隐隐约约开始做一个梦。人只要活着，就应该有梦想，不管是南柯梦、黄粱梦，还是“红楼梦”“廊桥梦”，不知我何时能圆自己的“作家梦”。

这梦是在读书过程中产生的。那时能读到的书并不多，苏联的书比例不小。我碰巧在《班主任》的带领下，到《伏尔加河上》拜访了《金星英雄》，而后开始懂得了《钢铁是怎样炼成的》。由于不愿“因虚度年华而悔恨，因碌碌无为而羞耻”，我这个“志刚”，也开始学着炼造自己这块钢。我首先自学了《语文基础知识》《大学语文》《写作基础知识》等基础性教材，还尝试写了短篇小说和散文，居然还得了一点儿稿费。后来我不再教音体美和政治等副科，不再做“红卫兵”、少先队和共青团工作的请求被批准，如愿以偿教上了语文课，使工作与梦的关系更加密切。我刻苦地学习，认真地备课，学生统考成绩的优秀使我成了优秀教师，但我知道，我的学识还很浅，我的书读得还太少。1977 年突然恢复高考，我这个初中毕业生在没有来得及补习高中课程的情况下，也勇敢地去参试，结果对我刺激很大。

少年也知愁滋味，愁来愁去都为书。正在我准备再次参加高考的时候，来了一个意外的机会，去师范学校学英语。在我自荐汉语拼音不错，又表示了很大决心的感动下，招生老师终于同意了。高兴的同时，也有些担心，24 岁从零开始学起，能行吗？

钢铁就是这样炼成的。我暗自下了决心，给自己定了目标，一定要成为全班最优秀的，尽管我知道有几个同学都是外语学校毕业的，而且有的还正在学大专英语。开学后，老师讲“第一课”时，我已经在同学帮助下预习学到了“第三课”，老师讲第三课时，我已经自学到了“第九课”，而当老师讲到课本的一半，我已经把整本书都学完了。第一次考试，全班 20 个人，我得了第 9 名；第二次，第 3 名；以后每次考试基本上都是保持第 1 名。有了一点基础之后，在学习规定课本的同时，我收听了《星期天英语》、自学了《英语科普文选》、薄冰的《英语语法手册》、一套叫“林格枫”的外国教材和外院《大学英语》的前四册。两年中，记不清吃了多少苦，受了多少累，坐车、洗衣服、买饭排队时都要背单词、听录音，有时夜里做梦都在读英语、写英语、说英语。毕业分配时，我被留校教专业班英语。受宠若惊，我更加努力，教材啃了一套又一套，直至许国璋的 5 ～ 8 册和外院的 5 册 6 册等高级英语。平时边教边学，早起晚睡，寒暑假也不回家，不见女朋友。一个人住一座孤楼，没有地方吃饭，自己用煤油炉做一顿饭吃一天，而且只是米饭面条，一个假期就能学好几本书。

1985年，我终于被允许第二次报考大学，结果还真的考上了。毕业后留在大学教英语，还参与了英语教材的写作和英语字典的编纂，一晃又是八个春秋。1994年，我为北京社会科学院主办的一个国际会议做翻译，因此1995年就调到了社科院。从此，与书的结合就更加紧密了，因为不仅要读更多的书，还要开始自己写书，我的那个梦想也开始变成现实。

梦圆社科院。我现在已经有几本专著发表，正在申请加入作家协会。已经到了“天过午”的年龄，但梦依然还在继续。我会用自己全部的余生去读书，文字之书、社会之书、自然之书；我会用自己余生的全部来写书，钢铁之书、热血之书、灵魂之书。

书缘、书梦，书苦、书乐。

书是我的导师，她给我知识和启迪；书是我的朋友，她给我智慧和友谊；书是我的伴侣，她给我温情和慰藉。

我没有什么存储，但我有一座座百宝库；我没有什么地位，但我有一个个小王国；我没有什么财富，但我有一间间黄金屋；我没有什么交际，但我有一位位颜如玉。

书是我的眼睛，我用她欣赏真善美；书是我的灵魂，我用她感觉福和乐；书是我的血液，我用她滋润黄土地。

我的生命一直在书中度过，我的身心一直在书中成长，我的血液将会在书中挥洒，我的灵魂将会在书中永生。

51. 书情种种

书在人类发明中最伟大，它是智慧的结晶，它是知识的使者，它是文化的载体，它是文明的根基。书在世间万物中最神奇，它有巨大的魔法，它有无限的魅力，它能够感人肺腑，它有时很是冷漠无情。

爱书的人又傻又痴，以书为生，以书为命，甘愿品尝那书之百味，乐于感受那书情种种。

书情种种，有一种是恋情，又酸又苦。有一次我去白石桥书市，已经接近傍晚了，又是书市的最后一天。非常幸运，我买到了几本好书。高高兴兴地正要离开，又看见了两卷本的《人类智慧宝库·中国智慧卷》和《人类智慧宝库·西方智慧卷》，内容丰富，都是大家名言精选。我毫不犹豫地掏钱付款，可是令我尴尬的是，我身上剩下的钱只够买一卷的了，回家去已经来不及，找人借又没认识的，眼巴巴看着人家运走了书，也运走了我的心。心爱的新书走了，就像初恋的女友离去。

后来，我到多家书店找寻，都不见那《人类智慧宝库》的踪影，难道就真的永远失之交臂了？太遗憾了！抱着最后的希望，我找到了出版社，希望完全破灭了：没有了！我茫然地站在那里，怅然若失，不舍离去。那位女同志看到我那可怜兮兮的样子，说给我到仓库再找找。我就急切地等着，盼着。好半天好半天，她终于回来了，而且怀里抱着那本书。啊，书有了！书来了！尽管书皮有些破损，我不但不要打折，而且还连声道谢，不仅是谢她，也是谢天谢地。回家后，赶紧精心地把书皮儿补好，也补上了我多日思恋的心。终于得到了所爱之物，那是怎样的甜美，怎样的舒服，怎样的满足！这几句话是我当时写在书上的心情："多日找寻，功夫不负苦心人。不惑之年，得此书幸甚。虽有残损，视为宝珍。"

书情种种，有一种是痴情，又喜又悲。英国作家兰姆是痴情于书的人："我把相当的一部分时间用来读书了，我的生活，可以说是在与别人思想的神交中度过的。"德国哲学家叔本华也是痴情于书的人："没有别的事情能比读古人的名著更能给我们精神上的快乐。我们拿起这样一本书，即使只读半小时，也会觉得无比地轻松、愉快、清净、超逸，仿佛汲饮清冽的泉水似的舒适。"是的，一本好书在手，立刻会忘掉身边的一切，完完全全地沉迷陶醉，那是一种别样的幸福和快乐。

书情种种，苦辣酸甜，不都是《艳阳天》和《人间喜剧》，也有那《悲惨世界》和《愤怒的葡萄》，还有《窦娥冤》和《感伤旅行》。所以，替古人担忧，为伊人落泪，也是常有的事。《红楼梦》读了好几遍，人生百味，世态炎凉，好不让人悲叹，好不让人伤感。悦读欣赏性特高的书籍，那是一种精神的享受，可啃嚼专业性极强的书籍，就是一种毅力的煎熬。

读书人还是幸运的，总是乐多苦少。可写书的人就惨了，大多是以苦为乐。“吟安一个字，捻断数茎须”“十日不能下一笔，闭门静坐秋萧瑟”，这是运思之苦；“茅椽棚牖，瓦社绳床”“饔飧有时不继”，这是条件之差；“披阅十载，增删五次”“语不惊人死不休”，这是求美之艰辛。正如约翰·米尔顿说：“好书是俊杰之士的心血，秘宝熏香，以传后世，永垂不忘者也。”在我写书以前，我对写书人如何甘于清贫、呕心沥血的苦楚理解不深，以为写作主要是靠天赋和灵感，到了我本人也开始写书时，才看出书稿上的墨迹都是殷红的血印。“满纸荒唐言，一把辛酸泪。都云作者痴，谁解其中味。”我逐渐深刻地感觉到，书对于写书人很吝啬，也很诡异。你总感觉什么地方有更好的东西，可他们就是躲着、藏着，看不到，也摸不着，你必须费尽心思去寻找，去挖掘，而要找到一点点儿满意的东西，都十分的不易，不是错了方向，就是乱了选择。只有苦思冥想，才能偶有所得，不胜感叹，欣喜至极。写书人总是苛刻的，对自己写的内容总是不满意，因此写书人总是贪婪的，总想找到更多的好东西。结果就惨了，无尽的思索，无尽的斟酌，无尽的否定，无尽的抉择。因此，写书人的心里总是空虚，总是哀叹，总是懊恼，总是遗憾。你恨不得读完所有的书，走完所有的路，接触所有的人，感受所有的事。可是，你没有那么多时间，没有那么多精力，没有那么多金钱，也没有那么多机会。可你太爱写书了，你还是不停地写，不停地写，那么呆傻，那么痴迷。我的体会是，写书是快乐的痛苦的劳动，是智慧的痴愚的活计，是创新的遗憾的艺术，是祈祷的和救赎的心路。

快乐、痛苦，智慧、痴愚，创新、遗憾，祈祷、救赎。这就是写书人的乐趣，这就是写书人的动力，这就是写书人的希冀。希冀就憧憬，就是梦想。写书人都爱做梦，夜里梦、白日梦、梦里梦、梦外梦。生命就是一个梦，生命就是一本书。

苏格兰作家斯迈尔斯也这样说："一本好书常可视作生命的最佳归宿，一生所思想之精华仅在其中。对于大多数学人而言，他们的一生便是思想的一生，因此好书即为金玉良言与思想光华之总成，令人感铭于心，爱不忍释，成为我们相随之伴侣与慰藉。"可见，书还是要读的，还是要写的，要读好书，要写好书。

52. 以书为友

闲暇的时候，我们都愿意和朋友在一起。朋友可以是人，也可以是物。有人喜欢古董，有人喜欢音乐，有人喜欢字画，有人喜欢花草。而自从书籍出现以后，不知有多少痴迷书籍的人，都把书籍当成自己最好的朋友。伏尔泰说：“第一次读到一本好书，我们仿佛觉得找到了一个朋友，再一次读这本好书，仿佛又和老朋友重逢。”屠博说：“良书即良友，今日明日，直到永远，绝不改变。”

“金色的书卷！丰富的宝藏！
你是乐趣追逐的对象！
望着你，我赏心悦目，
捧着你，我爱不释手！
杰出的智者，无语的圣贤，
岁月跨过多少个世纪，
把他们的故事留在你有意识的书页里……”（艾·迪斯雷利）

塞缪尔·斯迈尔把书视作《始终不渝的朋友》，他极其富有感情地说："一部好书，可以成为我们的莫逆之交。它过去、现在、将来对我们都会始终如一。书是最忠诚并最令人愉快的朋友，即使在我们穷困潦倒或悲哀痛苦之际，它也不会背叛我们。它待人和蔼，始终不渝。在我们青春年少之时，它给我们快乐和教诲；在我们夕阳晚暮之际，它给我们慰藉和同情。"

书是我们的导师，她给我们知识和启迪；书是我们的朋友，她给我们快乐和友谊；书是我们的伴侣，她给我们温情和慰藉。以书为友，书就是我们的乐趣泉水，就是我们的智慧仓库，就是我们的精神美酒，就是我们的灵魂寓所。

书这个朋友非常了不起。书在人类发明中最伟大，它是智慧的结晶，它是知识的使者，它是文化的载体，它是文明的根基。书在世间万物中最神奇，它有巨大的魔法、无限的魅力，可以感人肺腑，令人悲喜交加。自从有了书以后，书在人类文明发展的历史长河中一直起着至关重要的作用。书籍记录了历史，记录了知识，记录了思想，记录了情感。书中有一个大千世界，你可以在这个心灵世界里面观览自然之奇妙，体会"上九天揽月""下五洋捉鳖"之乐趣；书中有一个自由王国，你可以在这个精神王国之中领悟人类的要义，思索"幸福论"之学说和"乌托邦"之理想。

以书为友的人在中国尤其众多。我们中华民族自古以来就有重视读书的优良传统。孟母教子有方，而其方在于告诉孩子："读书是福，如鸟之有翼也。"钱咏认为人的一生应该"读万卷书，行万里路"。翁森在《四时读收乐》中说："蹉跎莫遣韶光老，人生唯有读书好。”宋朝大诗人陆游酷爱读书，甚至已经达到痴迷的地步，他作诗曰：“不是爱书即欲死，任从人笑作书颠。”清人袁枚也有诗曰：“不愿玉液餐，不愿蓬莱游；人间有字处，读尽吾无求。”这些都是我国古人对于读书的珍视和热爱的表现。值得我们中国人自豪的是，在世界书的海洋中，我国的书历史最悠久，种类最多样，我们有甲骨之书、丝帛之书、简之书、石经之书：值得我们中国人骄傲的是，在世界古代四大文明中，只有中华文明的书香一直绵延不断，流传至今。季羡林先生曾经说过：“藏书和读书的风气，其他国家不能说一点没有，实在是远远不能同我国相比。我们必须认真继承这个在世界上比较突出的优秀传统，要读书，读好书。只有这样，我们才能上无愧于先民，下造福于子孙万代。”

书是文明传承的火种。因为我们文明，所以我们更加爱书，因为爱书，所以我们更加文明。读书之功用，可谓多矣。

读书能够修养德行。孟子说：“饱食暖衣，逸居而无教，则近于禽兽。”教需要明理，明理而有德行，而德行的修养则需要读书。“不敢妄为些子事，只因曾读数行书。”（陶宗仪：《南村辍耕录》）“不能读书，岂以通义理，而欲为好人，得乎！”（钱咏：《履园丛话·示子》）一个人可以通过读书，学习懂得更多的道理，从而变得心胸更加开阔，性格更加温善，因此道德修养提高，可以做个好人。诸葛亮在《诫子书》中说：“君子之行，静以养身，俭以养德，非淡泊无以明志，非宁静无以致远。”静以养身，读书可以入静；俭以养德，读书可以勤俭，因此，读书可以养身，可以养德，可以淡泊明志，可以宁静致远。喜欢读书的人甘于安守清贫，清心寡欲，不屑于外面世界的种种浮华和名利，以一种恬静平和的心态打开书籍，翻转书页，沉浸于书的意境之中，于不知不觉中陶冶了自己的性情，净化了自己的心灵。经常读好书的人，自然会在社会生活中有情趣不凡、通情达理、举止文雅、道德高尚的上佳表现。这正像古人所言："不读圣人书，难有圣人德。"

读书不仅能够修养德行，也是生活本身的一项重要活动。培根说："读书能给人乐趣、文雅和能力。人们独居或引退的时候，最能体会到读书的乐趣；谈话的时候，最能表现出读书的文雅；判断和处理事务的时候，最能发挥由读书而获得的能力。"他们归纳读书的好处有："读书足以怡情，足以博采，足以长才。"

读书足以怡情。古往今来，好书总是人们最好的朋友。古人说："至乐莫如读书。"好的书籍，往往给人审美的享受。一本好书在手，好像进入了另外一个世界，尽情地沉浸其中，那是一种难以形容的精神陶醉，那是一种人生中极大的乐趣。高尔基在读书时，有这样的感受："每当我拿着一本新书的时候，就觉得有一种栩栩如生、会说话的美妙的东西，进入了我的生活。"德国哲学家叔本华这样描述他读书时的心情："没有别的事情能比读古人的名著更能给我们精神上的快乐。我们拿起这样一本书，即使只读半小时，也会觉得无比地轻松、愉快、清净、超逸，仿佛汲饮清冽泉水似的舒适。"书是有香气味道的。

李白的诗篇，飘逸像琼浆，滴滴香浓，沁人心脾，使人心旷神怡；鲁迅的杂文，浓酽如咖啡，苦涩厚重，深沉隽永，令人回味无穷；冰心的散文，淡雅似荷花，细雨轻柔，恬静温馨，给人一种清醇甜美的感觉……

读书足以博采。“学者，贵能博文也。”（颜之推：《颜氏家训·勉学》）“海以合流为大，君子以博识为宏。”（陈寿：《三国志·蜀书·秦传》）在书的太空中遨游，在书的海洋上漂浮，在书的大山里探索，我们会遇到很多很多的贤哲好友，我们会得到很多很多的思想启迪。德国诗人歌德说过：“读一本好书，就是和许多高尚的人谈话。”英国作家兰姆这样回忆：“我把相当一部分时间用来读书了。我的生活，可以说是在与别人的思想的神交中度过的。”苏联作家高尔基谈了他们对读书的认识：“读书，这个我们习以为常的平凡过程，实际上是人的心灵和上下古今一切民族的伟大智慧相结合的过程。”苏格兰作家斯迈尔斯说：“一本好书常可视作生命的最佳归宿，一生所思想之精华尽在其中。对于大多数学人而言，他们的一生便是思想的一生，因此，好书即为金玉良言与思想光华之总成，令人铭感于心，爱不忍释，成为我们相随之伴侣与慰藉。”“杰作是无声的。”（福楼拜）达尔文的《物种起源》、牛顿的《自然哲学的数学原理》、马克思的《资本论》、曹雪芹的《红楼梦》、托尔斯泰的《战争与和平》，都无声地讲述着自然的原理、科学的规律、社会的纷繁和人生的体味。

读书足以长才。书不但可以和我们聊天，和我们交流情感，还可以帮助我们增长才干。培根说："读史使人明智，读诗使人聪慧，演算使人精密，哲理使人深刻，伦理学使人有修养，逻辑修辞使人善辩。"高尔基说"如果不是书籍的话，我就会沉没在泥塘里，就要被愚蠢和下流淹没。读书越多，书籍就使我和世界越接近，生活对我也变得更加光明和有意义。"书是有感情的。谁真正地热爱它并经常地阅读它，它就慷慨地给谁以回报。"知识就是力量"，一个人获取知识的主要途径就是读书。爱因斯坦读书，创立了伟大的"相对论"；孔子读书，成为儒家的杰出代表；爱迪生读书，发明了神奇的电灯；陈景润读书，解出了艰深的"哥德巴赫猜想"……古今中外，多少伟人成就伟业，皆因努力读书；普通生活，多少幸福之人过着幸福生活，都是以书为友。

其实，每个人的生命都是一本书，一本用自己一生的经历写成的书。回想一下，发现我们生命的全部过程都与书籍密切相关。有这样一本书，它叫《钢铁是怎样炼成的》，很多人都读过它，而且其中的一段话不知读了多少遍，以至于多年之后还能脱口而出："人最宝贵的东西是生命，生命对于我们只有一次。一个人的生命应当这样度过：当他回首往事的时候，他不因虚度年华而悔恨，也不因碌碌无为而羞愧……"这段话一直激励着我们珍惜光阴，奋发有为。不愿因为虚度年华而悔恨，也不愿因为碌碌无为而羞耻，所以我们热爱读书，所以我们以书为友。

伟大的作家高尔基热情地向人们发出呼吁："热爱书

吧——这是知识的源泉！只有知识才是有用的，只有它才能够使我们在精神上成为坚强、忠诚和有理智的人，成为能够真正爱人类、尊重人类劳动、衷心地欣赏人类那不间断的伟大劳动所产生的美好果实的人。”

53. 聊天

一生中，有很多的事情。有一件，好像没什么用，所以被说成聊天、闲聊。其实，在我看来，聊天不仅很有用，还有很高的艺术性，很多的乐趣。

聊天首先是听，认真地听，深深地悟。听君一席话，胜读十年书。听，可以得到知识、经验、门道，可以听出人品、修养、造诣。可以了解性格、志趣、好恶，可以领悟进取、社会、命运。

有时候也要自己说。说的对象是谁，话题是什么，自己的角色是什么，说些什么，怎么来说。书到用时方恨少，智者寡言，因为自觉知之甚少，还没悟透，不愿多说。无知者无畏，夸夸其谈，滔滔不绝，不知所云。

聊天更多的是交流、切

磋。如果学识、经历差不多，就可以随便地说，撒开了说，天南地北，古今中外，信马由缰，五花八门。可以讨论、争论、辩论，可以怀疑、商榷、批判、否定。但是，即使是最好的朋友，也要注意尊重，态度和口吻，不可以盛气凌人、以大压小、以高压低，伤人家自尊，损自己形象。

酒逢知己千杯少，话不投机半句多。利益关系，性格不合，被看不起，干脆少聊，不聊。如果相互敬慕，彼此欣赏，聊天会变成一种享受。像读好书、听音乐、放电影、演话剧，真的是一种享受。

聊天是一种人品。要善良正直，大度宽容，平等待人。要不作虚假，不议人非，不传闲话，不闹事情，不说大话，不溜须拍马。

聊天是一种学问。要会观察，会思考，会判断。要明白目的，端正态度，摆正姿态，讲究方式，注意方法，重视结果。

聊天是一种智慧。要脑子灵，反应快，表达准。要不卑不亢，亲和优雅，轻松自如，闪躲腾挪，能进能退，能直能弯。

聊天是一种艺术。要会调侃，会风趣，会幽默。要博闻强记，富于联想，左搭右挂，荒谬滑稽，妙语连珠，惟妙惟肖。

聊天，在人生中是最有用的事情，绝对不是可有可无，浪费时光。通过聊天，可以搞好关系，结交朋友，升华感情，给予关爱，感受温馨。

聊天即生活，聊天即快乐。

54. 享受孤独

人可能都有双重性格，内向与外向，或轻或重。而在我身上，表现得比较明显，我既喜欢动，又喜欢静，有的时候爱凑热闹，有的时候愿意独处。人们都说我是外向型性格，其实，我最了解自己，骨子里面，我特愿意一个人——享受孤独。在我每次、每个时期享受孤独的时候，都是我思考问题最多，学习进步最快，科研和创作收获最大的时候，所以我不仅享受孤独，还要感谢孤独，还要赞美孤独。“孤独，灵魂的挚友，人务必要与它相交。”①

享受孤独，要知道什么是孤独，为什么要享受孤独。孤独是一个人的独处，一个人的自由自在，一个人的沉思默想，一个人的孤芳自赏，一个人高尚的境界。有人说孤独是痛苦的，不一定，只要有好的心态，好的心情，“孤独是甜美的。”②

孤独是花，可以欣赏钟爱的佳人。

① 查·科尔顿：《退隐》，摘自《人类智慧宝库·西方智慧卷》，改革出版社 1992 年版，第 311 页。

② 威·柯珀：《退隐》，摘自《人类智慧宝库·西方智慧卷》，改革出版社 1992 年版，第 311 页。

孤独是酒，可以品尝生活的滋味。

孤独是药，可以医治浅薄的浮躁。

孤独是歌，可以唱出内心的流水。

孤独是山，可以培养高尚的品德。

孤独是水，可以催生伟大的智慧。

孤独是船，可以漫游广阔的宇宙。

孤独是光，可以照见人生的精髓。

享受孤独，灵魂可以在孤独中得到洗涤，思想可以在孤独中得到升华。享受孤独，就是情愿孤单，不怕寂寞，希望空虚，品味无聊，它是心灵充实至极的一种心灵境界，是为自己保留精神世界的一块乐土、一个家园，只有那些勇敢的人、坚强的人，有思想的人、有情调的人、有品有位的人，才能享受孤独的乐趣、孤独的陶醉。

孤独可以自由自在。你自己待着，你是唯一的主人，你没有任何客人。你无拘无束，随随便便，坐着歪着，躺着卧着，怎么舒服怎么来。你想干什么都行，看书、看报、看电视、听音乐、玩游戏，没人限制。你想吃什么都行，米饭、饺子、炸酱面、疙瘩汤自己定。喝点儿酒，喝点儿茶，喝点儿咖啡，喝点儿可乐，全由自己选。都没得干了，还可以睡觉，从中午睡到天黑，从天黑再睡到天亮，没有人打扰，没有人叫醒。睡觉时可以做梦，爱梦什么就梦什么，不必担心梦话有人听，不必担心撒癔症。孤独的自在是真真正正的，是完全彻底的，是陶然自得的。

孤独可以沉思默想。“孤独是一切思想的自然住处。”[1]一个人的时候，你可以好好想想自己，想想朋友，想想工作，想想学问。可以回忆过去，可以思考现在，可以憧憬未来。“情到深处人孤独”，孤独深处涌真情。你可以静静地思念：“蒹葭苍苍，白露为霜。所谓伊人， 在水一方。”“秋风清，秋月明，落叶聚还散，寒鸦栖复惊。相亲相见知何日，此时此夜难为情。入我相思门，知我相思苦，长相思兮长相忆，短相思兮无穷极。早知如此绊人心，何如当初莫相识。”“去年今日此门中，人面桃花相映红。人面不知何处去，桃花依旧笑春风。”可以深情地思乡：“床前明月光，疑是地上霜。举头望明月，低头思故乡。”“独在异乡为异客，每逢佳节倍思亲。”可以使劲儿地发愁：“剪不断，理还乱，是离愁。别是一般滋味在心头。”“寻寻觅觅，冷冷清清，凄凄惨惨戚戚。乍暖还寒时候，最难将息。三杯两盏淡酒，怎敌他、晚来风急？雁过也，正伤心，却是旧时相识。满地黄花堆积，憔悴损，如今有谁堪摘？守着窗儿，独自怎生得黑？梧桐更兼细雨，到黄昏、点点滴滴。这次第，怎一个愁字了得！”

孤独可以孤芳自赏。“应念岭表经年，孤芳自赏，肝胆皆冰雪。”幽静山谷里的兰花、百合，淑静、淡雅，一年又一年，她们花开花落，自我欣赏，悠然自得。你孤芳自赏时，所有精力和注意力就都放在了自己身上，以自己为中心，周围的其他事物都变成了

① 法国谚语。摘自《人类智慧宝库・西方智慧卷》，改革出版社 1992 年版，第 311 页。

陪衬，天地自然就小了，自己自然也就快乐了。能孤芳自赏，才能更好地享受孤独。人都会有孤独的时候，能面对孤独又能欣赏孤独的人，能主动寻求孤独的人，内心才是充实的，才是健康的，才是神圣的。人最可贵的尊严是孤独地展现自我。

老子孤独而作《道德经》，“道可道，非常道。”屈原孤独怀才不遇而歌《离骚》，“路漫漫其修远兮，吾将上下而求索。”陶渊明独自《饮酒》，享受孤独：“结庐在人境，而无车马喧。问君何能尔？心远地自偏。采菊东篱下，悠悠见南山。山气日夕佳，飞鸟相与还。此中有真意，欲辩已忘言。”陶渊明的孤独是自己创造的，在孤独中，他享受着“悠然”的悠哉，他进入了“真意”的意境。

李白《独坐敬亭山》，与敬亭山相互欣赏：“众鸟高飞尽，孤云独去闲。相看两不厌，唯有敬亭山。”李白的才智过人，性情孤傲，阳春白雪，和者盖寡，他的朋友很多但又很少。他对酒当歌，以遣心中不悦：“古来圣贤皆寂寞，惟有饮者留其名。”① 他与山相看，以寄心中情感：“人生贵相知，何必金与钱。”②

王安石心上孤独，写诗赞《孤桐》：“天质自森森，孤高几百寻。凌霄不屈己，得地本虚心。岁老根弥壮，阳骄叶更阴。明时思解愠，愿斫五弦琴。”

---

① 李白：《将进酒》。

② 李白：《李太白全集》，摘自《人类智慧宝库·中国智慧卷》，改革出版社 1992 年版，第 248 页。

陈子昂是风雅的、孤独的，大气超然，更像一个仰天长叹的孤独的英雄：“前不见古人，后不见来者。念天地之悠悠，独怆然而涕下。”

苏轼独自坐在沙洲上，望着月亮，望着孤鸿，想着自己的心事：“缺月挂疏桐，漏断人初静。时见幽人独往来，缥缈孤鸿影。惊起却回头，有恨无人省。拣尽寒枝不肯栖，寂寞沙洲冷。”

张继喜欢夜的寂静，他的孤独带着禅的味道：“姑苏城外寒山寺，夜半钟声到客船。”

张岱的孤独是去独自赏雪，他的《湖心亭看雪》记载了自己一次经历：“崇祯五年十二月，余住西湖。大雪三日，湖中人鸟俱绝。是日更定矣。余拿小舟，拥毳衣炉火，独往湖心亭看雪。雾凇沆砀，天与云，与山，与水，上下一白，湖上影子，惟长堤一痕，湖心亭一点，与余舟一芥，舟中人两三粒而已。”他是在真正地享受孤独，在感受并感动天地自然的神奇造化。在孤独中，张岱的心像白雪一样纯净。在孤独中，张岱的心享受着白雪一样纯净的快乐。

中外古今，很多伟人的心灵都是孤独的。赫胥黎认为：“越伟大，越有独立精神的人越喜欢孤独。”哥白尼是孤独的，尼采是孤独的，牛顿是孤独的，爱因斯坦也是孤独的。只有孤独的心灵，才能产生超凡的智慧。爱默生说：“珍惜你的灵魂，驱走你的伙伴，养成独处的习惯，这样，你的才智就会日臻完善。”只有耐得住孤独，才能磨练超然物外的意志，毛泽东就曾在闹市读书，成就一番伟业。而只有自愿自觉地享受孤独，才能有心灵的自我、思想的自我、行为的自我、作为的自我。“大隐隐于朝”，即使是在市井街巷中，在喧嚣人群中，在繁忙琐事中，如果你能坚守孤独，独享孤独，就能保持心灵的净土，就能摆脱世俗的羁绊，就能达到自己希望的彼岸。

一位不认识的朋友，在看了我格图中的《享受孤独》后留言：“每个人的灵魂深处都是孤独的行者，唯有自己沉默的影子始终相伴自己。我们终其一生，所追寻的无非是无愧于时光，无愧于岁月，不枉在世上走一遭，不辜负光阴赠予我们的美好与温暖。唯有明白了这样一种道理，人生的价值、生命的意义，形成了一个强大的内心，淡定从容，懂得何去何从。纵然有千般风雨、万般磨难，也抵挡不住前行的脚步。很多时候，生活不可能只是一种状态，它如曲调有高有低，有悲有喜，我们必须修炼强大的内心接纳容忍它。时光会慢慢冷却我们的热忱，并习惯安享于每一个平淡的日子，在无声无息中无欲无求，沉默着，安静着，承受着，一切风轻云淡，天空一片晴朗……”

55. 静

静，是一种状态，一种生命和生活的状态。

对于人来说，是一种良好的身体状态和安定的精神状态，如康宁、康泰、安静、宁静、禅静。对于社会来说，则是一种健康、太平、安宁的状态。对于自然来说，是一种悄然无声、清幽美丽的自然环境状态，如沉静、清净、幽静。

静是一种感觉、一种虚空、一种暗物质、一种天籁苍暝。静里边蕴含着无数思想，静里边蕴含着无穷力量，静里边蕴含着无垠宽广，静里边蕴含着无限风光。

静是彻悟的智慧。人来到世上，到底为了什么？什么才是理想的生活？什么才是明智的取舍？静是最高的思想境界，是最好的生活方式。

静是修养的品格。善良才能静，要保持自己人品的纯真、诚实、朴素，要坚持社会为人的正直、友好、宽容。要维持自己心态的平和，不妄想、不嫉妒、不谄媚、不恶谋。

静是超凡的能力。要有一定的经济能力，能够达到温饱的水平。要有自我把持的定力、抗干扰的能力、抵制名利及各种诱惑的能力。仙隐隐于山，归隐田园能够静，大隐隐于市朝，身居闹市还能静。

静是美好的享受。生命是一条静静流淌的小河，万籁俱寂，心静如水。静静地坐在河边，悠闲舒适地看着春水绿柳，夏荷清风，秋山红枫，冬阳白雪，静静地思考，静静地品味，静静地欣赏，静静地享受。

人的心理状态，社会状态和自然状态的好坏，相互都有影响。社会的静，可以使人温柔、平和、愉悦，可以使生态保持平衡，减少危害，适合生存。生态的静，可以使社会和个人的生活健康、安逸、舒适。个人的静，可以使社会稳定、安泰、美好，可以使生态得以保护，使生态更加友好。

要达到静，需要几个方面的改善。个人方面，需要热爱生活，保持健康，创造一定的经济条件，加强修养，参悟人生，调整心态，培养良好的性格和专门兴趣。社会方面，需要政治民主、公民自由；需要社会法制、公平正义；需要经济有序、食品安全；需要安居乐业、民富国强；需要文化繁荣、精神愉悦。生态方面，首先需要干净、洁净、纯净。要让自然重新自然，恢复空气优良、水土无害、物种多样，减少灾害。

在北欧做社会考察的时候，有一个突出的感受，就是那里几乎一切都是静的。社会和谐稳定，秩序井然，安宁祥和。人民安居乐业，生活无忧，自由自在。自然生态良好，植物茂盛，鸟兽安详。森林静悄悄，河水静悄悄，政府静悄悄，人们静悄悄，街头静悄悄，鸟兽静悄悄。这是否就是人类所追求的理想社会呢？

静，多么美好！让我们自己的内心宁静下来吧！宁静而心安，宁静而体康，宁静而志远，宁静而舒畅。

让我们的社会平静下来吧！平静而和谐，平静而民享，平静而自由，平静而理想。

让我们的生态康静下来吧！康静而安全，康静而友好，康静而美丽，康静而灾少。

静，多么美好！让我们静静地珍爱生命，静静地享受生活，静静地走向天堂。

56. 自己笑笑

有段时间，心情不太好，很想调整调整，不好烦扰别人，可是自己又不知道怎样开释。

一天晚上，百无聊赖，没有心情看书，没有心情写作，就好好洗了个澡，还刮了胡子。对着镜子，像年少时那样看着自己，竟无意识地笑了笑。不知怎么的，只是这微微一笑，尽管不是很自然，不很开怀，但还是顿时觉得心情好了一点儿。呵，原来这么简单，这么容易，自己笑笑，就能使心情好转！上床以后，躺在那里，好心情还在继续。闭上眼睛，又无意识地在心里笑了笑，居然感到特别的愉快，虽然是深夜，却感到心中阳光灿烂，这可真是神了！于是，开始琢磨这个现象。

想来想去，慢慢地，好像真的悟出了点儿什么。自己笑笑，轻而易举，可作用却很神奇。自己笑笑，不是发神经，不是阿Q，不是做白日梦，而是一种哲学思维，一种处世态度，一种生活方式。笑了之后，气顺了，心宽了，精神放松了，心态正常了。这时候，再想一想难解的事情，位置高了，眼界宽了，思路广了，角度多了，原来想不通的问题，居然很快就明白了。

明白了这个道理之后，我就有意识地常常自己笑笑，特别是在有什么不痛快的时候。在尝试一段时间之后，结果发现，“自己笑笑”，的确是一种非常有效的心理调整方法，而且是一味可以无偿服用的精神调剂良药。笑一笑，十年少。笑，使人愉快，使人舒畅，使人健康，使人年轻，使人更有朝气，使人更有活力。可是，在生活中，我们笑的时候实在太少了。要想笑，不应该总指望别人，而是要自己给自己笑，自己逗自己笑，自己劝自己笑。但是，自己笑笑，不能强颜欢笑，凄凄苦苦地笑，傻傻愣愣地笑，而要发自内心地笑，自自然然地笑，爽爽朗朗地笑。在自己内心的笑声中，能产生对自己优点和能力的欣赏，能找到对自己工作成绩不满意的释然，能表现对自己生活中不如意的平和；在自己质朴的笑声里，能听到对他人缺点错误的宽容，能看见对他人有意无意伤害的忍让，能嗅出对他人与己合理竞争的认同。

既然自己笑笑很有实际的作用，那么就该经常自己笑笑。在感到工作压力大的时候，自己笑笑，可以减轻精神负担，增加干劲，提高效率；在遇到困难和挫折的时候，自己笑笑，可以增强自信，树立勇气，坚定意志；在生活出现问题的时候，自己笑笑，可以解脱烦恼，潇潇洒洒，享受美好生活的乐趣。

自己笑笑，感觉真的很好。

57. 顺其自然

老子说："人法地，地法天，天法道，道法自然。"

自然，就是要善于发现并自觉遵守自然规律和社会规律，不能倒行逆施，不能肆意妄为，不能任性较劲，不能揠苗助长。

顺其自然也不是无为、不为，而是在符合规律的前提下尽力而为，相信自己，相信自己的努力和潜力。但是在事情已经有了不可更改的结果后，就要接受现实，"谋事在人，成事在天"，事情不一定都在人为，有时也要相信运气，相信命运，相信神灵，相信上帝。昨天已经过去，今天继续努力，明天还有希望。

对于顺其自然，莫泊桑这样说："生活不可能像你想象的那么好，也不可能像你想象的那么差。我觉得人的脆弱和坚强，都超过自己的想象。有时，我可能脆弱得一句话就泪流满面。有时，也发现自己咬着牙走了那么远的路。"

回想自己的人生之路，基本上还是顺其自然的。初中毕业，选择不上高中，是个失误，因为对后来考大学不利。当了老师，没有工人挣得多，不是领导阶级，还是臭老九，但适合爱学习的我。因为学历总是与教的小学、中学、中专、大学所需要的资质总是不够，所以就总得学习、进修、考学。这对于我总有压力，也就迫使我在主观和客观上都要不断地学习进步。一九八九年以后，仕途不通了。但有了机会去社科院搞研究，搞写作。没能搞文学研究是个遗憾，但研究中外比较，国内外的考察，对于我现在的文学创作也很有益。这真是，有的时候，自己无法选择，不随心意，却意外有转机。有的时候一帆风顺，却突然遭受挫折，但又塞翁失马，焉知非福。因此，不得不相信的确有自己的努力奋斗和把握机会，也确实有命运的捉弄和馈赠。

自然，其实就是自然而然，就是静观其变，就是水到渠成，就是随遇而安。强扭的瓜不甜，强牵的手不暖，强求的事不顺，

强求的心不连。

很多事情，看破了，看透了，看开了，差不多就行了，不能追求太完美，太圆满，因为完美和圆满都是相对的，包袱放下了，肩上就少了负担。结果别预期太好，心里就少了纠结。活得潇洒了，生活就多了快乐。

心宽了，想什么都不心眼小了。眼美了，看什么都不碍眼了。耳顺了，听什么都不刺耳了。心平了，有什么都能理解了。入禅了，遇什么都能随缘了。

生活要想过得好，就得顺其自然，该读的书要读透，该做的工作要做好，该看的风景要看出美丽，该品的茶酒要品出滋味，该享受的清闲也要悠然自得。

顺其自然，是一种生命哲学，是一种生活方式，是一种心理状态，是一种智慧行为。来得偶然，去得必然，活得陶然，自然而然。

58. 蓦然回首

徐志摩说："'单独'是一个耐寻味的现象。我有时想它是任何发现的第一个条件。……我们都是太匆忙，太没有单独的机会。"① 可我却很幸运，总能隔一段时间就因莫名其妙的失眠，而意外幸运地到一次"单独"的机会。好像是巧合，每一次失眠和"单独"，大多都出现在我人生的关键时刻。

蓦然回首，走上社会以后，我们就匆匆地、匆匆地，朝前走，没有时间回头，我们害怕落后，就拼命地工作、工作，就拼命地学习、学习，因为有那么的美好等在前头。我们也不知道应该时常回回头，能够把自己重新审视、重新评估、重新设计，再进一步完善。我们没有，或者很少有意识地这样做，因为我们经验不够，也许是重视不够。

我们的人生往往是这样的。

无知地走出童年，告别了小学的路口。

① 徐志摩：《我所知道的康桥》，摘自《中国当代名家名作鉴赏》，陕西旅游出版社 2002 年版，第 6 页。

幼稚地走出少年，迈过了中学的关口。

雄赳赳进入青年，挤过了大学的隘口。

匆忙地走入成年，走进了家庭的门口。

不自觉走入中年，也进到名利的风口。

忽然间走入老年，已走到归宿的入口。

蓦然回首，竟然发现，一路上我们很少停留，路边的风景没有看够，生活的快乐很少感受。

蓦然再回首，已经到了退休。脸上有了沟沟儿，人已白了头。可是我们还要继续朝前走，我们要坚持着爬上山头，那里才是我们的奔头，不能在半途就把自己弄丢。山上的风光最锦绣，我们乐观豪迈地挥挥手。潇洒的人生晚霞最美，夕阳西下的时候，我们更加风流。

慢慢地，慢慢地，我们朝前走。不过，这个时候，应该常常回首，把一路的风景重新看个够。

慢慢地，慢慢地，我们朝前走。我们的希望在前面，可我们的幸福都在后头。

又好像是巧合，这一次失眠和“单独”，又是出现在我人生的关键时刻。蓦然回首……

59. 永远的大海

自从亲眼见到大海的那天起，大海就总在眼前汹涌，总在脑海澎湃，总在心里冲激。

在回忆中，总是见到大海的美丽，总是想象大海的神奇，总是听到大海的涛声，总是闻到大海的气息。

大海那么广阔。曾经在三十几年前，坐轮船从上海到青岛，几十个小时，第一次觉得大海的浩瀚，可那才是大海中一片小小的水域。大海是地球的一件大衣，如果愿意，她可以把地球全部裹起。地球的表面积，有5亿多平方千米。从太空中观看，大海就是一个晶莹的蓝色玻璃球。

大海的无垠，能让人感叹自己心胸的狭小。大海的多样，能给人带来无尽的欣喜。

大海那么深邃。她最深的地方有11000多米，可以将喜马拉雅山完全淹没，还有很大富余。大海里还有自己的火山、自己的喷泉、自己的暗流、自己的循环。大海的深邃，能让人认识自己的浅薄，能让人得到思想的启迪，能让人探索更多科学的秘密。

大海那么瑰丽。十年前，坐游轮从瑞典到芬兰，那次更多的是欣赏和赞叹大海的旖旎。蓝蓝的海水映衬的山峰，青青的山峰倒进了水里。海面上点缀着小岛，小岛上满是葱绿。依山的海水画出了曲线，傍水的山脚把浪花激起。

大海那么惬意。在北戴河游泳，尽情感怀突然被波涛深深跌入波谷，接着又瞬间被波峰高高托起。嘴里的海水很是苦涩，心里的感觉却颇为甜蜜。

在海南岛潜水，零距离感受大海的神秘，感受大海的魅力。五颜六色、花枝招展的热带鱼，逗你一同嬉戏。色彩斑斓、形态各异的珊瑚，笑你那么惊异。

大海那么丰富。大海里有无穷的动植物，目前已知的海洋生物有 20 多万种，而预计实际的数量会在这个数字的 10 倍以上，会达到 200 多万种，将占到地球生物总量的三分之一。

大海的底下，还有很多的石油、天然气和煤、硫、磷、锰等矿产资源。她的潮汐能量巨大无比，取之不尽，用之不竭，让科学家们乐此不疲，让人类充满无限希冀。

大海那么神奇。海生万物，海纳百川。她孕育了地球最早的生命，并且还在创造新的变异。她是地球所有淡水资源的原生地，又是地球大江大河终要回归的故里。

大海有自己的独特品格和脾气。对正义满意时，她那么温柔和蔼，闪烁爱意。而一旦对邪恶发怒时，就会巨浪滔天，狂横不羁。

地球，现在是宇宙中迄今为止发现的唯一生命载体，而大海就是地球所有生物的上帝，人类则是大海创造的最得意的奇迹。大海真不希望人类误入歧途，把野蛮继续，成为她痛心的败笔。

宇宙是永恒的，但愿地球能长久，但愿人类能文明自己，让大海永生活力，永存魅力。自从亲眼见到大海的那天起，我的心就和大海连在了一起，大海就一直装在我心里。

60. 重活甲子

今天，自己人生的甲子已经到了。一路走来，回头看看，半生的时光，很可能是大半生的时光已经流去了，匆匆忙忙地就流去了，无声无息地就流去了，稀里糊涂地就流去了。

美国诗人朗弗罗感叹："哎呀！直到岁月用满不在乎的手撕去人生之书的一半，日复一日地用这些纸去点燃情感的火焰，人才发觉剩下的页数已经不多。"逝者如斯夫！大半生的时光，六十年了，究竟过得怎么样呢？

有奋斗，有成功……

有挫折，有失败……

有喜悦，有悲哀……

"大江东去，浪淘尽、千古风流人物。"悠悠往事，如意也罢，失意也罢，反正都已灰飞烟灭，何必还要伤感，何必还要慨叹，何必还要纠结。"人生如梦，一尊还酹江月。"既然退休了，就该想退休后的事情了。

我觉得只有退休了，不再为工作所累，不再为名利所绊，才能真正开始为自己而活，为自然的自我而活，为天性的本我而活，为彻底属于自己的生命而活。

阿尔米在日记中写道："懂得如何步入老年是智慧的杰作，同时也是人生这一伟大艺术中最难谱写的篇章。"如果能换一种思维，换一个活法儿，退休也许可以迎来生命中又一个春天，一个阳光更明媚、鲜花更美丽、空气更芬芳的春天。好的，那就从今天开始，重活一个甲子吧。

重活甲子，怎么才能更好地重活，活出滋味，活出品位，活出潇洒，活出精彩？我的理解，最重要的，是热情地活。美国童话作家荷姆斯觉得："老年只是青年如花一般的盛放，一个更成熟、更卓越的青年。"人活着就是一口气，一口争出来的气，一口撞出来的气。

这口气就是气势，就是气魄，就是气力，就是气运。这口气要靠精神顶着，要靠热情催着。没了精神，没了热情，这口气就降了，人也就蔫了。气从何而来，源于年轻的心，源于美好的梦想。梦想给人精神寄托，给人源源动力，使人信心满满，使人朝气蓬勃。

我就有一个梦，一个从少年时就开始做的梦，一个五彩的文学梦，一个随着年龄的增长而越来越强烈的梦，一个已经深入血液和骨髓的梦，一个高于一切价值的梦，就像曹雪芹把《红楼梦》当成自己的生命一样。

几十年来，这个梦一直在做，她总在撩拨着我，召唤着我，鼓舞着我，催促着我。应该说，这个梦现在也做出了一点模样，与梦圆之时开始有些接近了。

已经退休了，有更多的时间，可以专时专用、一心一意，完全投入梦的创造。相信梦的实现，一定会是彩霞满天，亦真亦幻。有美梦的心气儿顶着，我总觉得热情洋溢，激情无限，青春勃发。对我而言，某种意义上，梦就是生命的意义、生命的热情。

光有热情还不够，还需要有健康，健康是热情的发动机和催发剂。而一旦没了健康，热情自然就会枯萎。健康由很多因素构成。首先要心理健康，内心保持平和。心态失衡，身体就会出毛病。要不攀比，不愤懑，不蔑视，不狂躁，不喊冤，不叫屈，不炫耀，不抱怨。

做到了这些，才会有健康的心态，才会有健康的精神。精神愉快了，饮食营养才会有更好的作用，体育锻炼才会有更好的效果。有了心理和身体的健康，就有了精力，就有了底气，就有了神采，精气神饱满，实现梦想的劲头儿也就来了。

热情和健康不是目的，它们只是生活的基础和保证，而生活快乐本身才是人生的根本意义。那么快乐从哪里来呢？快乐源于热爱，源于充实，源于梦想。

我的兴趣爱好很多，生活的内容很丰富、很实在。然而，我最喜欢的还是写作，她是我最大的梦想。我酷爱文学，散文的优美，小说的神奇，诗歌的哲理，都令我神往，都让我痴迷。

英国作家毛姆说："文学是人类在一生中所见到、经验到、想到和感觉到的生活记录，他给予全人类最直接最永久的兴趣。”文学，我的梦，五彩的梦，一生的最爱，永远的追求。

古罗马奥维德认为：“艰苦的创作能带来乐趣，渐渐而成的作品会闪烁出作家心灵的光辉。”到了这个年纪，我已经“见到、经验到、想到和感觉到”很多很多，现在开始有了闲暇可以消磨，有了闲钱可以消费，有了闲情可以消遣，完全可以全身心地来做我的文学之梦了。

曹雪芹生活虽苦，但我觉得他从创作中享受到了无比的幸福。他的《红楼梦》披阅十载，增删五次，终于给中国、给人类留下了极其伟大、极其精美、极其宝贵的作品。

巴尔扎克立志要使自己成为文学事业上的拿破仑，以惊人的毅力创作了大量作品，写出了合称《人间喜剧》的91部小说。可能作家们都是生命不息，写作不止吧。

芬兰音乐家西贝柳斯在临去世前感慨地说：“我老年的每一天都是难以言传的越来越重要。这些日子一旦逝去，就不会回返。一个人在他告别生命之前，发现有待去做的毕竟有那么多。”

季羡林一生笔耕不止，七十多岁还写了《朗润集》《季羡林散文集》《牛棚杂忆》等。

自21世纪初以来，日本文学界涌现出不少高龄的新人作家，在日本各大文学奖上屡屡折桂。2012年5月，75岁的黑田夏子获“第24届早稻田文学新人奖”，她曾从事校对工作，业余时间写小说，是日本文学史上文学新人奖的最高龄获得者。

我呢，希望尽快发表已经完成的第一部散文集，也能成为

文学的一个老年新人。

重活甲子，再做新人，但愿文学的美梦能够成真。梦是世外桃源，梦是心灵天堂。精神矍铄，焕发青春，漫步桃源仙境，游览天堂圣景，成真固然更好，而陶醉于创作过程那美好的梦境之中不也是一种无比的幸福吗？

古罗马的塞内加说：“让我们珍惜和热爱晚年吧，因为人们如果懂得如何安度晚年，那么晚年的生活就将充满快乐和幸福。”朝霞红满天，中天金灿灿。人生短不苦，夕阳更烂漫。

新甲子的日历已经翻开，一个新人的新生即将展现……

2015 年 8 月 6 日

四、闲情逸致

61. 琴音天籁

乐器为了发音，发音为了悦耳，悦耳为了入心，入心为了怡神。世上的乐器有千万种，千万种的乐器有千万种声音，千万种乐音有千万种感觉。在千万种乐器的声音和感觉中，唯有一种乐器，我觉得最能怡神，最有魅力。那就是我最钟情、最崇拜、最欣赏的乐器——古琴。

古琴的声音中，有天地人的共鸣，是真正的“圣人之器”“天籁之声”“天地人和”。古琴艺术，称得上是中华文化之精粹。

古琴声音神圣，是天堂圣乐，空灵飘逸，这是它所推崇的精神境界。古琴声音深邃幽远，具有宇宙天地的精髓。在中国的古老乐器中，古琴被视为“八音之首”。传说王母娘娘在天宫瑶池宴请诸神时，就特别爱听演奏古琴，所以古琴也就有了“瑶琴”之美名。作为“圣人之器”的琴，演奏时自然有其独特而严格的规范。

《红楼梦》第八十六回，贾宝玉得知林黛玉会弹琴时，便要妹妹为自己演奏一曲。林黛玉这时讲道：“若要抚琴，必择静室高斋，或在层楼的上头，在林石的里面，或是山巅上，或是水涯上。再遇着那天地清和的时候，风清月朗，焚香静坐，心不外想。”又说：“若必要抚琴，先须衣冠整齐，或鹤氅，或深衣，要如古人的像表，那才能称圣人之器，然后盥了手，焚上香。”可见，弹琴需要深谙琴道，才能神圣感人。

古琴老迈，它的历史悠久，它的声音苍老，这是它所崇尚的自然情怀。在中华民族形成之时，它就随之诞生了。相传华夏祖先神农氏，按照天地、阴阳、五行之说，“削桐为琴，绳丝为弦”，以通神明之德，合天地之和，修身理性，返大自然之朴真。《诗经》中有“窈窕淑女，琴瑟友之”和“我有嘉宾，鼓瑟鼓琴”的美丽诗句。湖北随州曾侯乙墓中考古出土的古琴，证明它已经存在两千四百多年了。古琴在西周时期已广泛流传，《诗经》中就有“琴瑟击鼓，以御田祖”的诗句。春秋战国时期，古琴独奏已具有很强的艺术表现能力。当时著名的琴师，有卫国的师涓，晋国的师旷，郑国的师文，鲁国的师囊等。而当时著名的琴曲如《高山》《流水》《雉朝飞》《阳春》《白雪》等，都已经为世人所熟悉，所喜欢，所痴迷。古琴的声音苍老，音色优美，深厚智慧，具有人生哲学的味道。古琴音乐形成，主要受儒家中正和平、温柔敦厚、“德音之谓乐”和道家顺应自然、大音希声、清微淡远等思想的影响。

古琴的声音深沉、舒缓，具有禅的韵味，这是它所创造的禅韵空境。它的自然天籁之音，有禅的意蕴和意境，静谧、玄阔、恬淡、悠远，耳听心感，可以使人进入禅思、禅悟的状态和境界。

古琴所描绘的苍苍青山、茫茫大地、潺潺流水、青青翠竹都是禅的意象，所烘托的空灵含蓄，幽静淡雅，无求随缘，忘我超越是禅的意境。而禅的意象和意境，都是真善美之天人合一的体现，因而可以帮助现代人解除生活中存在的困惑、烦恼等心理不适，使人们的精神生活更充实、更高雅、感情生活更纯洁、更丰富，社会生活更祥和、更融洽。

古琴高雅，它的内容松竹风骨，它的曲风高洁雅致，这是它所渲染的审美情趣。古琴之所以能“贯众乐之长，统大雅之尊”，是因为古琴所表现的内容，都是高山流水、风花雪月、阳春白雪，都是“梅花三弄”“潇湘水云”“春江花月夜”。这样的表现内容和音乐品格，寄寓了文人凌风傲骨、超凡脱俗的处世心态。古琴历来颇为文人雅士所钟爱，“泠泠七弦上，静听松风寒”，韵意横生。古琴牵系着多少文人墨客为其倾服，为其写下不朽的诗词。魏晋时期的嵇康给予古琴“众器之中，琴德最优”的至高评价，而且在自己被行刑前弹奏了《广陵散》，以此作为生命的绝唱。唐代文人刘禹锡则在他的名篇《陋室铭》中，为我们勾勒出一幅“可以弹素琴、阅金经。无丝竹之乱耳，无案牍之劳形”的淡泊境界。李白诗云：“为我一挥手，如听万壑松。”唐五代的张祜也有诗：“玉律潜符一古琴，哲人心见圣人心。”

古琴和谐，它的声音幽婉静谧，它的余音舒缓悠远，这是它追求的道德取向。“味外之旨、韵外之致、弦外之音”是琴乐深远意境的精髓所在。古琴之音，内含着轻松脆滑，高洁清虚，幽奇古澹，中和疾徐，既淳和淡雅，又清亮绵远，意趣高雅，乐而不淫，哀而不伤，怨而不怒，温柔敦厚，中正平和，无过之又无不及，正所谓“琴之为器也，德在其中”。听琴，可以使人心态平和，淡泊名利，向往美好。几千年来，古琴以其特有的音色曲风，空灵苍远的哲学意境和高远深邃的音乐品质，成为中华音乐文化的艺术上品、思想精髓、精神瑰宝。

在人心比较浮躁的现今世界，古琴这样恬淡、平和的音乐，可以使人得到心灵的启迪、净化和升华，从而进入到自然纯朴、高雅清幽的精神世界。

学古琴，不知还能不能。听古琴，肯定会更多，把心给它。

62. 棋枰人生

游戏是高智商动物的天性。在动物界中，人的智商最高，游戏种类最多，游戏的智力水平也最高。在人类一切的游戏中，棋类的智力水平最高。而在一切的棋类中，又要数围棋智力水平最高，魅力最大。

围棋的魅力，在于没有过多的限制。为了娱乐，人类发明了许多棋牌游戏。在大多数的棋牌中，都体现了社会的等级观念。在中国象棋中将帅稳坐中军，士相守卫两旁，车马炮驰杀疆场，士卒冲锋陷阵，活脱脱的是古代战争场面的反映。国际象棋也差不多，真正打仗的还是兵马象车。只是国王和皇后到后来也会披挂上阵，也有一定的战斗力，军棋就更不用说了，从司令到排长，凭官职，一级压一级，不许反抗。桥牌也是实力绝对重要，大牌 A 和 K、Q、J 定是贵族，其他都是平民，然后靠贴点再取得平衡，相对合理一些，但因为多在暗处，也有猜蒙和运气的成分。唯有围棋，每一个子都同等重要，没有三六九等，而且都在明处，再加上先手的贴目或贴点，应该说近乎绝对公平。中国象棋和国际象棋都是先把棋子摆在棋盘上，走法有固定的限制，然后越下越少。而围棋每一颗棋子怎么使用，全凭你自己的把握，而且是想放哪儿就放哪儿。一张围棋盘，开始是广阔天地，任你想象，一张白纸，任你涂抹。而每一盘围棋结束时，都是一幅图景，一幅由你和对方共同创造描绘的图景，可能是泾渭分明，也可能是交相辉映。

围棋的魅力，在于懂它的人都会痴迷。《述异记》有这样一个故事：有个叫王质的人上山砍柴，见有两个童子在下棋，逍遥自在，奥妙无穷。他就在旁边看，结果入迷了，不知看了多少时间。棋没下完，王质回头一看，斧头柄都烂了。王质忙回家，活着的人都不认识他，与他同时代的人都早已死去，原来他遇到的是两个仙人在下仙棋。看棋的如此，下棋的人就更着迷了。有一首诗形容对围棋着迷的人，“长日消磨一盘棋，凤台应招也延迟”，是说下棋时阎王爷来请都不走。是的，不想走，一辈子都愿意待在围棋里。

真羡慕那些围棋高手，他们把游戏做成职业，把职业融于游戏。如果真能以游戏的精神游戏自己的职业，从中既得到快乐又得到面包，那真是一种最大的幸福。遗憾围棋不是我的职业，可我也从围棋中得到了无穷的乐趣。

我第一次接触围棋，是在教中学时。一个中文教师看我爱下象棋，就问我想不想学围棋，说围棋特有意思。他告诉我围棋就是为了多占地，如果能把对方围住吃了，地方就是自己的了。他还告诉我，什么是眼，什么是活棋死棋。我当时似懂非懂，只和他玩过几次。他说我的悟性不错，可还需要从基础学起，打好基本功，才能进步快，才能成为高手。可惜，我去上学了，没能再和他继续学棋。在房山进校的时候，和一位老师下过几盘围棋，都是初学者，稀里糊涂吧。

真正开始学围棋，是在我上大学的时候。当时高年级同学和老师中有些下围棋的，我就在一旁看，又买了一些《围棋入门》《围棋死活》《围棋手筋》《中级围棋》等自己读，花了不少的时间。很快地我就入了门，而且能下过高年级的同学了，不到半年我就能和老师们平摆了。现在我的围棋实力，大概属于业余中手，由于没有高手指导，也由于没有时间再钻研，多年来一直停留在这个水平。但是，我对围棋的喜爱非常深，而且随着年龄的增长，越来越深。

下围棋有许多好处，可以坚强意志增强分析判断、创造思维、情绪控制、逻辑记忆等很多能力。而要下好围棋，则需要有“功夫在诗外”的广博修养，如强健的体魄、良好的心理素质、较高的悟性、各种精深的造诣。因为围棋的好处颇多，我特别喜欢。

喜欢围棋，也喜欢下围棋的朋友。一般来说，喜欢下围棋的人，都有一定的修养，一定的品位，一定的智商。有时间与这样的棋友纹枰对坐，泡上一杯清茶，手谈起来，审时度势，苦思冥想，时而平缓，时而激战，相互较劲，相互切磋，着实是一种快活的生活休闲，一种高级的精神享受。我的棋友不多，但都是很好的朋友。智慧是我大学隔届的同学，很有学识，为人谦和，踏实沉稳，事业发达，但也可惜他为事业而基本舍弃了围棋。孟远也是我大学的同学，聪明、大气、综合能力很强。我俩是较劲的朋友，彼此还相互欣赏，惺惺相惜。克勤是我在首师大时的同事，下棋讲究棋理，规规矩矩，从来不胡砍乱杀，属于棋中上品。德化也是我在首师大时的同事，学养丰富，品位较高。会钢琴，会油画，计算能力很强，以不变开局，应万变挑战。胜率较高，却少了一些乐趣。王爷，北京大爷的爷，他开始不同意我们这样叫，说是怕不太好。他是我社科院的同事，围棋的基本功很扎实，一般不主动杀棋，非常精细，非常沉稳。和棋友下棋，可以得到快乐，还可以学到性格、心态、为人等各方面的修养。

喜欢围棋，我喜爱围棋的历史。围棋起源于中国，古代称为弈，在中国甚至是世界棋类中都可以算作棋之鼻祖，相传距今已有 4000 多年的历史。据《世本》所言，围棋为尧所造。晋朝的张华在《博物志》中说："尧造围棋，以教子丹朱。或云，舜以子商均愚，故作围棋以教之。"尧、舜都是远古传说中的先祖，可见围棋起源之早。关于围棋的最早文字记载见于《左传》："棋者所执之子，以子围而相杀，故谓之围棋。"又说："今宁子视君不如弈棋，其何以免乎？弈者举棋不定，不胜其耦，而况置君而弗定乎？必不免矣。"《大英百科全书》记载："围棋在公元前 2356 年左右起源于中国。"《美国百科全书》记载："在公元前 2300 年中国发明围棋。"自古以来，中国的文人雅士都喜欢琴棋书画，就像琴棋书画里的琴专指古琴一样，棋也专指围棋。

喜欢围棋，我喜欢围棋的人性。藤泽秀行先生曾说过："棋盘上的争斗，说穿了不过是人性的较量。"围棋就是生命，最重要的是"气"，有气则生，无气则亡。两眼成活，有呼有吸，就是有了长命气，能够长生不死。到处都是眼，到处都是气，到处有生机，到处有活力。"气"字在甲骨文中被写为"三"，八卦的卦象全部来源于这个"三"的变化，三生万物。而下棋则全是靠气的运行。"杀气" 时要"收气"，要先收"外气"，再收"内气"，气不够时要"长气"要"延气"。已经吃住的棋，不能忘了"气数"，人家悄悄"紧了气"，或自己不小心"撞了气"，都会造成"气短"而"无气"。

围棋就是人生。人生就是一盘棋：少年时期是开局，是基础，是布局，是试探，是猜想。青年时期是序盘，是战略，是方向，是走势。中年时期是中盘，是征战，是博杀，是取舍。晚年时期就剩下了收官，但依然重要，需要仔仔细细，保持气节，有始有终，使结局圆满。像人生一样，围棋的道路很漫长，但关键的地方只有几步，大棋不能走错，走错了没有悔棋重来的机会。但小棋难以避免犯错误，就像人的一生不可能不走错一样，只要能认识错误，吸取教训，就能在以后的发展中走出好棋，走到成功。

棋的每一个阶段都重要，要下一盘好棋很不容易。人的一生只有一盘棋，要更加珍视、珍惜、珍重，才能获得珍宝、珍奇，才会有壮观而又美丽的人生棋局。

围棋就是性格。围棋和诗一样，是充满个性的艺术。众多的棋手因为彼此的性情、爱好、追求不同，因而导致了棋风的迥异。这些不同风格的棋手，以其鲜明的个性为围棋殿堂增添了无限的魅力。棋风决定棋品，棋风决定气势。性格决定棋风，性格决定命运。一个人有什么样的气场、气质、气度，都会反映在棋盘上。下棋一定要大气，目光远大，气势磅礴，每一步都选择最大的棋，自然而然就会取得胜利，甚至是兵不血刃。相反下棋如果小气，目光短浅，贪图小地，不舍废子，就总也不能成气候。形势好时不能有傲气，不好时不能有气馁，焦灼时要沉得住气。下棋要平心静气，心平才能气和，心安才能气定。下棋要有挑战的勇气、进取的豪气、王者的霸气，不可以傲气凌人，赌气胡来、憋气而走。下围棋，能够反映人的性格和谋略。近与远、薄与厚、先与后、取与舍、死与活，决定都是有性格使然的选择。不同的棋手，性格不同，风格迥异。吴清源棋风行云流水，收放自如，创一代新风，成一世师表，被称为棋坛屈原。藤泽秀行是棋坛太白。“李白斗酒诗百篇，长安市上酒家眠。天子呼来不上船，自称臣是酒中仙。”李白诗思飘逸，才华过人。其行为虽有些放荡不羁，但终为诗中仙人。秀行先生棋风奔放华丽，多奇思妙想。而且，秀行先生也好酒，年轻时亦纵情任性，所以，称藤泽秀行为弈坛太白可谓当之无愧。武宫正树擅长下大场，天马行空，大气磅礴，浩浩荡荡，被称为宇宙流。藤泽先生曾言，几百年后，可以传下棋谱的非武宫正树莫属。论棋风个性鲜明，风格豪迈，以棋坛苏轼相赠可说是实至名归。聂卫平的棋气势雄浑，与辛弃疾相似。李昌镐则为棋坛杜甫。杜甫与浪漫主义诗人不同，他的诗工稳沉郁，初看虽无华丽诗风那样赏心悦目，但其内蕴深厚，耐人寻味。李昌镐虽为一翩翩少年，但棋风沉着异常，招法是步步为营，稳步推进，完全是一个现实主义者。而其朴实的风格真与杜甫如出一辙。李昌镐的沉着镇定，也被冠以“石佛”、姜太公。刘昌赫九段擅长攻杀，被称为“世界第一攻击手”。马晓春下棋轻灵飘逸，被称为“妖刀”。俞斌九段擅长搜刮实地，被称为“洗衣机”。我的性格像刘小光，像古力，喜欢战斗，喜欢攻杀。胜是因为杀棋，但该收手时还一味攻杀，往往造成失利。我也想改一改，可本性难移。

喜欢围棋，我喜欢围棋的文化。围棋是中国文化艺术大全，是文化底蕴和文化品位的集中表现。围棋是一种艺术的创造，它的自由使人拥有无限广阔的创作空间和思想驰骋的草原。在一张小小的棋盘上，两个人的风格和谋略，人格和情感都能自然又清晰地彰显出来，那是内心的告白，灵魂的体现。围棋的深奥又都玄而近乎于禅，强调的是心灵之悟，展示的是超凡的智慧和才情。

围棋中有哲学。围棋就是一部哲学大书，包含着丰富的哲学道理。关于围棋隐含的哲理，北宋刘仲甫在《棋经》里说得很清楚，“周天之度，三百六十有五，棋之路三百六十而不及五者，大数合也。棋之有四隅，犹天之有四时，时有九十日，隅有九十路。”围棋是另一个宇宙，日月星辰出没其里，春夏秋冬四时有序。古人以白为阳，表示白天，以黑为阴，表示夜晚，围棋分为黑白两色，寓意分明。围棋盘上有被称为星的九个点，正中间一个点叫天元，又称太极，太极就是阴阳合一。围棋盘有四个角四条边，象征着春夏秋冬四季，围棋的九个星又与古代九州相对应，古代有天圆地方之说，所以棋盘象征大地用方形，棋子象征苍天所以用圆形。围棋纵横 19 道，合起来是 361 个点，与一年 365 天大致相同。围棋里充满了辩证法，如虚势与实地，进攻与防守，急所与大棋，舍弃与取得，薄棋与厚棋，轻灵与滞重，优势与劣势等，特别是始终保持敏锐的大局感，对于思维水平很有益处。任何一步棋，都有利有弊，尤其是在开局阶段，没有绝对的合理，绝对的大小。西方人和我们的思维不一样，我们是从大处着眼，他们是从小处下手。开局中只有模糊，没有精确。教他们下棋，布局时，你告诉他这么下可以，那么下也行，他说不可以，你得说出哪一个更好，哪个是唯一，所以西方人能够学会围棋的很少，原因是文化的区别，思维的不同。

围棋中有兵法。每一盘围棋都是一场战争，有若干个局部的战役和战斗，需要有战略的眼光和战术的安排。任何一步棋，都会对周围产生影响，对全局产生影响。古代有的军事家，就是以围棋为启发来排兵布阵，演练队伍，达到围而杀之的目的。至今围棋着子的战略战术，胜负计算方法，也都符合古代的作战方略。汉代刘向在《围棋赋》中，对围棋胜负的关键，做了十分精辟的阐述："略观围棋，法于用兵，怯者无功，贪者先亡。”言谭《新论》说：“世有围棋之戏，或言是兵法之类。上者，远其疏张，置以会围，因而成得道之胜；中者，则务相绝遮要，以争便求利，故胜负狐疑，须计数以定；下者，则守边隅，趍作罫以自生于小地。”上面讲的上中下者，都属于战略。而围魏救赵、得陇望蜀、暗度陈仓、声东击西、里应外合、遥相呼应、厚积薄发等，都是三十六计用于围棋中的战术。

围棋中有数学。围棋的计算，包括步数和目数的同步计算和气的厚与薄的判断，有时是纯粹数字意义上的计算，有时是对局势演变的推理和形势优劣的判断，这些都与最后的胜负相关。棋类计算的复杂性和变化的可能性是成正比的。围棋最后胜负的精确判断往往十分困难。当比赛呈现细棋局面时，即使一流棋手有时也不能马上就判断出胜负，只有经过点目后，才能做出结论。围棋具有很强的可以用数字来表示的精确性。围棋的精确性首先表现在胜负的判断上，可以精确到四分之一子，即半目。其次，每一手棋都能大致有多少现实的价值和潜在的价值，特别是在收官阶段，常常没有十分精确的数字结论。

围棋中有美学。在围棋对弈中，如果棋型不好，是很难取得好的结果的。下围棋讲究子与子之间的平衡和协调，子与子跳跃衔接的飘逸和洒脱，形成线条的婉转和流畅，构成图形的雅致和优美。

围棋中有音乐。布局阶段，下子缓慢，音乐徐徐响起，就像古琴天籁的《高山流水》，就像古筝静静的《春江花月夜》，就像马头琴悠扬的《草原牧歌》。当中局激烈搏杀时，落子飞快，砰砰作响，节奏突然加快，就像二胡飞速的《赛马》，就像琵琶危急的《十面埋伏》，就像钢琴激荡的《命运交响曲》。当临近终局收官子时，棋子又会慢慢地落下，就像扬琴婉转的《沉醉东风》，就像洞萧清丽的《平湖秋月》，就像小提琴绕梁的《纪念曲》。

政治家喜欢下棋。“苍天如圆盖，陆地似棋局，世人黑白分，往来争荣辱。荣者自安安，辱者自碌碌，南阳有隐居，高眠卧不足。”这便是三国时期的一代智者诸葛孔明的围棋歌，从词中可以看出，诸葛亮察世间万物于胸，觉天地变化于前的气势，好像世界上所有的事，都可以在他举子落子之间产生影响。关公爱下围棋，华佗为他刮骨疗毒，其声悉悉，帐上帐下见者，皆掩面失色，而关公却与马良若无其事地下着围棋，全无痛苦之色。魏武帝曹操，对围棋也有很深的造诣，在他周围的谋臣中也有许多围棋高手。北宋张拟写的《棋经十三篇》就是仿孙子兵法的。东晋的谢安在淝水之战前，行兵布阵，运筹帷幄之后，就在阵前下棋，不多时候就传来捷报，大败了符坚。在孙中山先生故居的居室里，除了书籍地图之外，还放着一副围棋，这是他工作读书之暇唯一的娱乐。陈毅和李立三当年去法国勤工俭学也带有围棋。

文人喜欢下围棋。文人下围棋更显得风流文雅。杜甫把世事变化比作围棋：“闻道长安似弈棋，百年世事不胜悲。”在生活中以围棋为精神寄托：“且将棋度日，应用酒为年。”大诗人白居易酷爱围棋，水平还不低，自称“棋罢嫌无敌，诗成愧在前”。欧阳修自称六一居士，他的人生六大快乐之一就是下围棋。刘禹锡的“雁行布阵众未晓，虎穴得子人皆惊”，把棋手善用奇兵，出奇制胜的场景描绘得淋漓尽致。杜牧的围棋水平相当高，他与同代围棋国手王逢交情笃厚，并有诗赠之：“玉子纹楸一路饶，最宜檐雨竹潇潇。羸形暗去春泉长，拔势横来野火烧。”下围棋的人神情专注，心无旁骛，这个时候就达到了入神的地步，所以围棋是棋道，是修道。金庸先生说下围棋使他激发创作灵感，减缓身体衰老。

平民百姓喜欢下围棋。全球的围棋爱好者有几千万之多，有不少围棋杂志、围棋俱乐部和围棋电视台，还有几十个围棋网站。最近春风网站上还出了个蒙面侠客龙飞虎，接连击败几名围棋国手，引起棋友的极大兴趣。通过网络，素未谋面的棋友可以自娱自乐，偶尔还可以与高手过招，讨教讨教，真是其（棋）乐无穷。

我感觉，下围棋最好还是面对面，能够手谈并口谈，而且要用好的棋子和棋盘，那也是一种享受。中国最好的棋子是云南围棋子，简称云子。云子的祖先是永子，永子原产于云南永昌郡，今保山市。据记载，云子始于唐宋，盛于明清，特别让文人雅士喜爱，也是进献皇帝的贡品，有“永昌之棋甲天下”之美称。我家里就有一副上好云子，晶莹润泽，手感特好。那是我在二十几年前，带着几岁的儿子去遛弯，在荣宝斋花了当时两个多月的工资买的。有空的时候，我总爱把棋子拿在手里摸摸，感觉它们的历史、它们的智慧、它们的文化，一般不舍得拿出来使用。

可是，我多想经常拿出来和要好的朋友一起享用啊。“事厄伤心否，棋逢对手无？”围棋已融入我的生命之中，能和好友一起领悟棋理，追求棋道，真的是余生的一大乐事。

63. 书法神韵

有了电脑，应该高兴，太方便了，太高效了。可对于中华传统文化，也是冲击，用笔写字的机会又少了许多，而用毛笔写字的时候就更少了，除非是为书法而书法。

而我心里却一直想着毛笔书法，因为都说字如其人，我就特想让我的字美一些、帅一些，也能增加我的文化艺术修养。这就是我的书法情结。

这个情结，是在上初中的时候结下的。那时候，刚刚对美有一点感觉，而把字写好自然就成为追求美的一个方式。当时在我们的老师中，公认的写字最好的有两位。一位是教我们生物的老师王夔琳，她的字很柔美，软软的像面条似的，绕来绕去，高低错落，不知道仿的谁的字体，很流畅、很和谐、很秀丽，就像简笔画似的。另一位是教我们体育的阎增顺老师。他的字应该属于行楷，结构合理，柔中带刚，刚中有柔，美感很强，每个字都可以拿出来独立欣赏，放在一起又相互映衬，有一种韵味在字里行间。现在想来，那韵味就是书法的神韵——精气神吧。

书法的这种神韵，为中华文化所特有，其中蕴含着精深的哲学思想和高雅的审美情趣。如果说中华文明是世界文明的一颗巨大的璀璨明珠，而书法就是中华文明之璀璨明珠上一个闪闪发光的亮点。

书法是抽象而又形象的黑白线条艺术，挥毫泼墨，游龙走笔，写意象形，变化万千，内涵丰富。中国人特别崇尚黑和白，以黑白的对比为美、为雅、为俏。所以中国的阴阳是黑白的，中国的围棋是黑白的，中国的绘画是黑白的，中国书法也就是黑白的。黑与白是最自然的色彩，是一种天然的大美。黑与白对比强烈，相互衬托，又浑然一体，相映生辉。

说到书法，就不能不说文字。文字的起源和我们民族的历史一样悠久，而到书写工具都比较完善的时候，已经有了近三千年的历史。在商朝和周朝的时候，就有了金文、竹简文等书写形式。在秦始皇一统天下以后，字体方面也迅速地发展起来。这时的文字和其他的艺术作品联系到了一起，比如国画、壁刻、碑文等。后来，人们开始不仅追求用字来记事，而且还开始把文字作为一种艺术来追求，因此书法这种独立的艺术就出现了。

中国书法所以能成为艺术，是因为有独特的书写工具笔墨纸砚，尤其是毛笔。毛笔书写的笔画可以“八面出锋”， 具有粗细、轻重、方圆、枯湿、浓淡等变化，有利于字体气韵的连接贯通，有利于表现字体线条的姿态和神韵，有利于展示字体和字形的力感和动感，有利于表现书者心中的情感。书家的审美取向，以及他的性格、学识、阅历等诸多方面，会自觉不自觉地融入书法中去，使书法具有自己特殊的气韵、神采和意境，成为书家精神世界的外在表现。所谓“字如其人”大概就是这个道理吧。

纵观古今书坛，书法大家浩如繁星，书法作品百花齐放。王羲之的《兰亭序》，是中国书法史上最著名的经典之作。这篇自古以来就被称为“天下第一行书”的作品，字体纯朴自然，端秀清新，气韵流畅，神采飞拨，变化丰富。这种变化表现在笔画上，线条秀美，方圆兼备，姿态生动，窈窕可追。这种变化又表现在情感上，时轻时重，时徐时急，时而婉约，时而豪放。很多人认为王羲之在书法造诣上，已经达到了登峰造极的地步，至今仍然没有人可以从整体上超越他。他的书法的主要特点是平和自然，笔势委婉含蓄，遒美健秀，“飘若游云，矫若惊蛇”，活灵活现，美妙之极。除了王羲之，还有很多书法大家，他们的作品风格和表现方式，各有各的特点和韵味。像欧阳询、颜真卿、柳公权、苏东坡、黄庭坚、王安石、米芾、赵孟頫、文徵明、唐寅、吴昌硕、李叔同、启功等。每朝每代都有佼佼者成为代表人物，每个代表人物都给后世留下了精品佳作。

作为一个不够格的书法爱好者，我只能有些自己的偏见和偏爱。在众多书法家中，除了书圣王羲之，我最欣赏米芾和文徵明的行楷，喜欢他们的字体的神韵和美感。

米芾对书法的分布、结构、用笔，有他独到的体会，说是要“稳不俗、险不怪、老不枯、润不肥”。他在书写变化中把裹与藏、肥与瘦、疏与密、简与繁等对立因素融合起来，达到统一，做到了“骨筋、皮肉、脂泽、风神俱全，犹如一佳士也”。启功先生赋诗赞曰：“羡煞襄阳一支笔，玲珑八面写秋深。”

文徵明，是集书家之大成的一流大师。他的《滕王阁序》在我看来，笔势轻灵飘逸，如同玉光金辉，字体精整劲健，结构配合默契。点点清丽古雅，画画婀娜多姿，字字娟秀可爱，行行优美至极。文徵明被后人尊称为“古今第一流之人物”。得此名不仅是因为他多才多艺，书画精绝，还因为他品格高尚，行事端直，独具文人的清风傲骨。

对于书法而言，我现在只是个欣赏爱好者，还不能算是实践爱好者。曾经练过几阵，时间都不长，字帖买了不少，都好好临摹的不多，而且又已经好久没练习了。但喜欢还是喜欢，也有一些感觉、体会和想法。现在时间多了，应该让笔纸字帖忙一些了吧，大的提高可能性不大了，只能是为了审美，为了休闲，为了养生吧。

64. 画卷心灵

我没有学过绘画，但是很喜欢，一直想学学，不知道有没有灵气和时间。艺术是相通的，我的理解，绘画就是无言的诗歌和无声的音乐。绘画是有声音的，那是心灵的声音。

绘画，哪个国家都有，像埃及的草纸画，印度的细密画，希腊的陶瓶画。然而，中国的画，国画，很特别，最显著的特点就是以墨线为基础，用以表现物象的轮廓、明暗和质感，同时通过墨线还可表达作画者的思想和精神。

中国画是散点透视，把事物形象通过主观感觉组合在一起，通过画来表达意境，表达自己的情感和心态，而不考虑各透视点的实际关系，不过分追求形似，最讲究的是神似，有小写意和大写意的区分。国画中往往可以看到很大的空白，这就是国画“似空非空”的意境，让人通过想象来感受所画之物的一切。

中国画历史悠久。在中国古代的四艺琴棋书画中，画特指国画。远在两千多年前的战国时期，就出现了画在丝织品上的绘画——帛画，这之前还有原始岩画和陶画。这些早期的绘画手法，逐步形成了以线为主要造型手段的中国画传统。两汉和魏晋南北朝时期，社会产生激烈的震荡侵扰，域外文化与本土文化的交汇融合，使这时的绘画形成以宗教绘画为主的局面，但描绘自然景物的作品也占一定比例，山水画和花鸟画，就是在这时候出现的。

隋唐时期社会经济和文化高度繁荣，绘画也随之呈现出十分兴盛的景象。宗教画达到了顶峰，并出现了世俗化倾向。山水画、花鸟画已发展成熟，人物画以表现贵族生活为主，并出现具有时代特征的人物原型肖像。

五代两宋时期，宗教画渐趋衰减，人物画已转为描绘世俗生活，山水画和花鸟画跃居画坛主流。而这一时期文人画的出现和发展，极大地丰富了中国画的绘画理念理论和技巧表现方式。到了元明清时期，水墨山水和写意花鸟得到突出发展，文人画成为中国画的主流。

在中国画历史的广阔大地和浩瀚天宇中，中国画的名家很多。历史上有隋唐时期被称为“画圣”的吴道子，北宋的皇帝宋徽宗，元代“元四家”的黄公望，明朝浙派名家的朱端，还有清朝的八大山人等。

中国画的名人多，名画也多。公认的中国十大传世名画为：东晋顾恺之的《洛神赋图》，唐代阎立本的《步辇图》，唐代张萱、周昉的《唐宫仕女图》，唐代韩滉的《五牛图》，五代顾闳中的《韩熙载夜宴图》，北宋王希孟的《千里江山图》，北宋张择端的《清明上河图》，元代黄公望的《富春山居图》，明代仇英的《汉宫春晓图》，清代郎世宁的《百骏图》。中国十大传世名画，承载着这个古老的东方民族独特的艺术气质，记录中华绵延五千年的悠久历史，描绘了横亘万里的锦绣河山，是流动的历史，是无声的乐章，是华夏文明的上佳代表，是中国美术史上不朽的丰碑。

在现代中国画家中，许多画家继承并坚持传统绘画的基本模式，他们或以模仿、传承前代画家技巧、风范为原则，或在继承传统的同时，力图变革，在保存、发展传统的同时，形成自己的风格。前者之中有金城、顾麟士等名家，后者以齐白石、黄宾虹、潘天寿等人为代表。

五四新文化运动以后，随着西方美术的大量引入，中国画创新成为新的时代潮流。以留学日本、欧美的高剑父、高奇峰、刘海粟、徐悲鸿、林风眠等人为代表，倡导将西方美术的写实及近代西方美术的创作观念与传统的中国画相融合，使传统的中国画焕发了新的生机。其中高剑父、高奇峰等岭南画派画家，提倡折衷中外，融合古今，将日本画法与传统的撞水、撞粉法和没骨法相糅合，创造出了一种雄劲奔放、具有时代感的新风格。徐悲鸿将西方绘画的写实手法，融入传统的笔墨之中，丰富了中国画的表现性。林风眠则调和中西，并汲取民间美术的质朴与刚健，形成了自己意境深邃、形式新颖的独特风格。张大千借鉴西方抽象表现主义的某些手法，自创了泼彩画法。李可染受西方画写生的启发，直接对景写生对景创作。吴冠中用中国画的工具材料和西方现代艺术的形式和观念，表现中国画传统的诗情与境界。他们的探索实践，都取得了很了不起的成就。

中国画，画家们都有自己最喜欢的、最擅长的题材，如徐悲鸿的马、齐白石的虾，李可染的牛、黄胄的驴，张大千的虎、吴作人的熊猫、吴冠中的天鹅、李苦禅的花鸟、吴昌硕的梅花、傅抱石的人物和山水。但不知为什么，在众多中国的名画家中，我最崇拜齐白石。或许是因为他的出身贫寒，或许是因为他的画题材有趣，或许是因为他的画生动形象，或许是因为他的性格朴实纯真。总之，我觉得他的画最有趣，最生活，最百姓。

齐白石出身贫寒。他做过农活，学过木匠，次年改学雕花木工，从民间画工入手，习古人真迹，曾习摹《芥子园画传》并据以作雕花新样。学诗文书法，游山川名胜，做幕僚寓客，终于成了诗、书、印、画全人神品的千古伟人。他将中国画的精神与时代精神统一得完美无瑕，使中国画得到国际的重视。他朴实谦虚、自信自强的精神，使他的作品刚柔兼济，工书俱佳，不愧为人民的艺术家。大凡花鸟虫鱼、山水、人物无一不精，无一不新，为现代中国绘画史创造了一个质朴清新的艺术世界，他成功地以经典的笔墨意趣传达了中国画的现代艺术精神，他深深得益于经典样式而又善于出新，故而他的画能够直接感动人心，向天下众生传达生命的智慧和生活的哲理。他的山水画表达他对自己艺术创新的自信与深刻体悟，他的人物画长于传神达情，他的书法简约大方、雄健浑厚的笔意融入人物画中，完善了人物内在的神情的表达。

齐白石的画题材有趣。他把生活中感兴趣的和较熟悉的一切事物统统都搬进了他的画里，尤其擅长虾蟹蝌蚪和花鸟虫鱼，水墨淋漓，洋溢着自然界勃勃的生气。他注意观察花、鸟、虫、鱼的特点，揣摩它们的精神。他曾说：为万虫写照，为百鸟张神，要自己画出自己的面目。他的题句非常诙谐巧妙，他画的两只小鸡争夺一条小虫，题曰："他日相呼"。一幅《棉花图》题曰："花开天下暖，花落天下寒"。《不倒翁图》题"秋扇摇摇两面白，官袍楚楚通身黑。"他的山水构图奇异不落俗套，极富创造精神。八十岁之后，他的画虾技术更加精湛，令人叹为观止。他以一个农夫的质朴之情、以一颗率真的童子之心、用纯熟精湛技巧，开创出文人画坛领域前所未有的境界，从而确立了在画坛上的历史性地位。对这位"中国人民杰出的艺术家"，西班牙艺术大师毕加索说："我不敢去你们中国，因为中国有个齐白石。"他"是东方一位了不起的画家！"20 世纪中期，张大千曾去拜访毕加索，三次不得见面。张大千是一个不达目的不罢休的画家，最后还是见到了毕加索，毕加索二话不说，搬出一捆画来，张大千一幅一幅仔细欣赏，发现没有一幅是毕加索自己的真品，全是临摹齐白石的画。看完后，毕加索对他说："齐白石真是你们东方了不起的一位画家！……中国画师神奇呀！齐先生水墨画的鱼儿没有上色，却使人看到长河与游鱼。那墨竹与兰花更是我不能画的。"他还对张大千说，"谈到艺术，第一是你们的艺术，你们中国的艺术……"

齐白石的画生动形象。他的画充满了泥土芳香、生活气息，达到了民间艺术与传统艺术的统一，写生与写意的统一，工笔与意笔的统一，无限生机跃然纸上。《花卉草虫十二开册页》的工笔草虫，都是白石老人六十多岁时画的，里面有蝴蝶、飞蛾、苍蝇、螳螂、蜻蜓、蚂蚱、蝼蛄、黄蜂、蜜蜂、蝉和纺织娘。画中每只草虫的身体细节，翅膀肌肉的软硬度、质感、透明度，都表现得十分清晰而自然，腿部的表现尤见功夫，栩栩如生，形神兼备而趣味盎然。草虫画成的三十年后，白石老人再补景题跋，使这《花卉草虫十二开册页》成了汇聚齐白石早期工笔草虫和晚期花卉、瓜果、静物、书法等艺术精髓的匠心佳构。白石老人的补景，大写意信笔挥写，刚健朴厚、淋漓尽致，与草虫的精细形成了鲜明的对比，相映成趣。难怪连白石老人也自我赞叹：吾年九十五矣，仍旧白石！不过因为爱吃白菜，我最喜欢的，是白石老人的《白菜图》。

我对画画儿自幼就很有兴趣，年少时自己瞎琢磨仿描过一点儿，还挺自我欣赏的，看见过的人也说不错，就以为自己有画画的潜能和天赋，但并没有真正学过。不好意思地说，我还真的被安排教过美术，是在小学教音体美的时候，都只是一些简单线条构成的物体图案和人物及动物，照猫画虎而已，那应该算误人子弟吧。

几十年过去了，学画画儿的情结变得更深了。现在有时间了，很想去报个班，好好地学学画儿，把自己喜欢的东西画下来，自我欣赏，自我陶醉，不亦乐乎。

65. 诗人情怀

感情深厚的人，情怀会丰富，情怀丰富的人，感情会深厚。诗人都是感情深厚的人，也是情怀丰富的人。

诗人常常很寂寞，但他们的思想却更加深刻，他们的情怀却更加丰富。诗人常常狂傲不羁，可他们的内心却更加温柔，他们的情感却更加深厚。别林斯基说："诗人用自己的感情，自己的思想，给大自然景象添加生气，如果他想用大自然景象来感染或者震动我们，他自己先就必须对这景象加以欣赏或者感到吃惊。"

诗人之于爱情。自从有了人类，人间便有爱情。爱情是人类永恒的主题，诗人是赞美这永恒主题的主角。诗人珍重爱情，把它们视为生活的一类必需、生命的一种意义。诗人总是游荡在爱与情和情与爱之中，把最美丽的情诗吟咏。

诗人爱美女，本性之所求。"关关雎鸠，在河之洲。窈窕淑女，君子好逑。""身无彩凤双飞翼，心有灵犀一点通。"

诗人思念苦，泪眼与花语。"琴歌有美人兮，见之不忘，一日不见兮，思之如狂。”“相思相见知何日，此时此夜难为情。”“泪眼问花花不语，乱红飞过秋千去。”

诗人爱情难，往往也悲剧。“多情自古伤离别，更那堪，冷落清秋节。今宵酒醒何处，杨柳岸，晓风残月。”“一个是阆苑仙葩，一个是美玉无瑕。若说没奇缘，今生偏又遇著他。若说有奇缘，如何心事终虚话。”“天长地久有时尽，此恨绵绵无绝期。”

诗人见爱人，永远结同心。“今夕何夕，见此良人。”“执子之手，与子偕老。”“在天愿作比翼鸟，在地愿为连理枝。”“结发为夫妻，恩爱两不疑。生当复来归，死当长相思。”

诗人之于友谊。诗人珍重爱情，也十分珍惜友谊。在黄鹤楼下面的长江边上，李白表达了对友情的珍重和离别的惆怅：“故人西辞黄鹤楼，烟花三月下扬州。孤帆远影碧空尽，唯见

长江天际流。”李白乘船离开时，村人汪伦踏歌赶来送行。李白特别感动，“桃花潭水深千尺，不及汪伦送我情”，他把无形的情谊化为有形的千尺潭水，朴素自然，真诚深切地表达了对汪伦的那种深重情感。

王维《送元二使安西》:“渭城朝雨浥轻尘,客舍青青柳色新。劝君更尽一杯酒，西出阳关无故人。”王勃《送杜少府之任蜀州》：“城阙辅三秦，风烟望五津。与君离别意，同是宦游人。海内存知己,天涯若比邻。无为在歧路，儿女共沾巾。”高适《别董大》：“千里黄云白日曛，北风吹雁雪纷纷。莫愁前路无知己，天下谁人不识君。”

元稹和白居易有很深的友情，在通州听到白居易被贬的消息时，内心极度震惊，万般怨苦，满腹愁思一齐涌上心头。“残灯无焰影幢幢，此夕闻君谪九江。垂死病中惊坐起，暗风吹雨入寒窗。”

诗人之于山水。中国文人自古就践行“读万卷书，行万里路”,把读书与行路作为获取知识、经验和灵感的两大重要途径。中国古代的诗人，对于秀美瑰丽的山川湖海有着更加特殊的情感。他们正是在这绚丽的自然风景中，在安逸恬淡的隐居生活中，写出了很多名篇佳作。这类山水诗文，都以隐逸山林为乐，对山水形状、自然风光、自由精神进行歌颂。

诗人热爱自然，欣赏山水的美。“春江潮水连海平，海上明月共潮生。滟滟随波千万里,何处春江无月明。”“迟日江山丽，春风花草香。泥融飞燕子，沙暖睡鸳鸯。”“独怜幽草涧边生，上有黄鹂深树鸣。”“青山隐隐水迢迢，秋尽江南草未凋。”

诗人把美好的田园作为理想的寄托，陶渊明在理想与现实无法调和时，明智地选择了归隐。“结庐在人境，而无车马喧。问君何能尔，心远地自偏。采菊东篱下，悠然见南山。山气日夕佳，飞鸟相与还。此中有真意，欲辩已忘言。”“少无适俗韵，性本爱丘山。误落尘网中，一去三十年。羁鸟恋旧林，池鱼思故渊。开荒南野际，守拙归园田。方宅十余亩，草屋八九间。榆柳荫后檐，桃李罗堂前。暧暧远人村，依依墟里烟。狗吠深巷中，鸡鸣桑树颠。户庭无尘杂，虚室有余闲。久在樊笼里，复得返自然。”

祖国的壮丽山川，留下多少诗人的足迹，他们怀古思今，跨越时空把自然与人生融为一体。在那奇幻的遨游天姥山的梦境中，李白也流露了对权贵的轻蔑，对无拘无束的生活的向往：“世间行乐亦如此，古来万事东流水，别君去兮何时还？且放白鹿青崖间，须行即骑访名山。安能摧眉折腰事权贵，使我不得开心颜！”

面对着赤壁古战场，苏轼便有了“遥想公瑾当年，小乔初嫁了，雄姿英发。羽扇纶巾，谈笑间，樯橹灰飞烟灭”的感慨。杜牧游历江南之时也就有了淡淡的忧伤和深邃的联想“千里莺啼绿映红，山村水郭酒旗风。南朝四百八十寺，多少楼台烟雨中？”

诗人之于理想。诗人情怀多理想。穆旦说，没有理想的人像是草木，是流水，是空屋。我觉得有理想的人是大鹏，是海洋、磐石。诗人的一生，就是为了理想而奋斗、而呼喊的一生。

诗人的理想是崇高的社会理想，是为社会进步，为多数人谋利益的理想。而理想有时是以牺牲个人利益，甚至是自由为前提的。理想是他们的信念，真理是他们的求索，爱国是他们的执着，自由是他们的快乐。

曹操“老骥伏枥，志在千里”。诸葛亮“志当存高远”。李白“长风破浪会有时，直挂云帆济沧海”。孙中山“吾志所向，一往无前；愈挫愈奋，再接再厉”。

诗人渴望个性的自由和解放，以桀骜不驯、狂放不羁的生活态度和方式，来挣脱桎梏，争取自由。李白在“明月出天山，苍茫云海间”中抒发了“长风几万里，吹度玉门关”的豪情，在崎岖的蜀道上，他感叹世路人情的险恶，“蜀道难，难于上青天”。

诗人之于家国。中国自古以来有抱负的文人，尤其是诗人，都有一种家国情怀，他们主张并努力做到“修身齐家治国平天下”。

从古至今，诗人们的家国情怀表现在诗人对祖国山河的爱恋，对国家民族的认同。陆游说自己“位卑未敢忘忧国”，嘱咐儿子“王师北定中原日，家祭无忘告乃翁。”顾炎武倡导“天下兴亡，匹夫有责”。范仲淹甘愿“先天下之忧而忧，后天下之乐而乐”。文天祥为了祖国从容就义，“人生自古谁无死，留取丹心照汗青。”艾青自问自答“为什么我的眼里常含泪水？因为我对这土地爱得深沉。”

没有诗人，我们也许不能感受到如此深厚而丰富的情怀，而不能感受到如此深厚而丰富的情怀，也许我们就无法了解诗人。诗是文化的魂，诗人是文化的精英。没有诗人，这世界会寂寞，会冷清。

我爱读诗、作诗，不敢说自己是诗人，但我自认为怀有一颗诗人的心，怀有一份诗人的情。

66. 酒中味道

小的时候，我暗自发过誓，长大了不吸烟，不喝酒。不吸烟是因为母亲吸烟烫东西，不喝酒是因为父亲喝酒醉自己。不吸烟，我做到了，屡经考验和抗争，到现在从没让烟沾过嘴。但是不喝白酒在坚持到四十岁的时候，终于被迫喝了。由于做课题“外事工作”的原因，可能是没有办法拒绝，也可能是意志不坚定吧。

这一喝可就坏了，尽管到现在也不是很喜欢，但喝的次数多了起来，也就变成习以为常的事儿了。以前还好，只是吐过一两次，可是近几年以来，有几次吐了还不算，居然对一定时段还失去了记忆，虽然周围的朋友说，礼节没失，错话没说，错事没办。看来以后真的要多加注意了。

说实在的，后来我对喝酒不太反感了，甚至还有了某种喜欢，例如酒桌玩笑的氛围，劝酒和拒绝的说辞，还有似醉非醉恰到好处的兴奋和快乐。酒逢知己千杯少，酒是一种媒体，一种刺激，一种兴奋剂。兴奋了，就酒后吐真言，一吐为快，当然有笑的，也有哭的，还有睡觉的。我呢，主要属于后者，也笑，但没哭过。一般来说，交情是越喝越有，越喝越厚，爱交际的人，说得来的人，就常常一起喝酒。

可以说，酒在传统的中国文化中有其独特的地位，民间有“无酒不成席”的说法，可见它已不仅仅是一种客观的物质存在，而是已经变成了一种文化象征。尼采认为，酒神精神喻示着情绪的发泄，是抛弃传统束缚回归原始状态的生存体验，人类在消失个体与世界合一的绝望痛苦的哀号中获得生的极大快意。

极大快意，八成已经醉了。而因醉酒而获得兴奋的艺术状态，这是古老中国的艺术家，特别是诗人们解脱精神束缚，从而获得艺术创造灵感的重要途径。魏晋名士中的第一“醉鬼”刘伶，在《酒德颂》中说：“兀然而醉，豁然而醒，静听不闻

雷霆之声，孰视不睹山岳之形。不觉寒暑之切肌，利欲之感情。俯观万物，扰扰焉如江汉之载浮萍。”这种“江汉之载浮萍”的境界，就是中国酒文化的典型体现。酒可以助兴，还能够激发灵感，诗人大多都爱喝酒。“李白斗酒诗百篇，长安市上酒家眠，天子呼来不上船，自称臣是酒中仙。”杜甫《独酌成诗》：“醉里从为客，诗成觉有神。”范仲淹“明月楼高休独倚，酒入愁肠，化作相思泪。”白居易《问刘十九》：“绿蚁新醅酒，红泥小火炉。晚来天欲雪，能饮一杯无？”

不仅诗人如此，其他文人在进行艺术创作时，酒也时常参与其中。“吴带当风”的画圣吴道子，作画前必酣饮大醉方可动笔，醉后作画，挥毫而就。“元四家”中的黄公望，也是“酒不醉，不能画”。“书圣”王羲之在微醉状态下，挥毫而作《兰亭序》，达到了“遒媚劲健，绝代所无”的最高境界。而酒醒之后再书，却“更书数十本，终不能及之”。又一书法家怀素，酒醉泼墨，居然一挥而就，留下了神鬼皆惊的《自叙帖》。草圣张旭“每大醉，呼叫狂走，乃下笔”，于是才有了他“挥毫落纸如云烟”的《古诗四帖》。

酒是兴奋剂，也是麻醉剂，所以有借酒浇愁一说。因为没什么愁，自己很少喝酒，除非是遇到节日和有酒菜的时候。可人家大英雄就不一样。曹操在他被千古传诵的《短歌行》中，开头几句是这样写的：“对酒当歌，人生几何！譬如朝露，去日苦多。慨当以慷，忧思难忘，何以解忧？惟有杜康。”通过这几句诗，我们仿佛看到这个奋斗一生的强者，回首往事时却发出了深深的叹息，借酒解忧，对酒当歌，从而抒发内心的抑郁，减轻忧愁的压力。李白在其不朽的诗篇《将进酒》中，也唱出了“五花马，千金裘，呼儿将出换美酒，与尔同销万古愁。”李白还有诗云：“穷愁千万端，美酒三百杯。愁多酒虽少，酒倾愁不来。所以知酒圣，酒酣心自开。”酒圣杜甫常有“沉饮聊自遣，放歌破愁绝”的诗作。他的酒诗中当然不乏娱情放纵、借酒浇愁的内容，但更多的是关注苍生社稷，醉中也是一个站在乐游原上“独立苍茫自咏诗”的忧国忧民的志士仁人的形象。白居易醉了，“春江花朝秋月夜，往往取酒还独倾。”他在遭受打击后，便去酒中寻找自己的无忧世界，过着独善其身、自娱自乐、半醉半醒的生活。

古人还常常借酒来表达依依惜别之情。王维在《渭城曲·送元二使安西》诗中这样劝酒：“渭城朝雨浥轻尘，客舍青青柳色新。劝君更尽一杯酒，西出阳关无故人。”王翰“葡萄美酒夜光杯，欲饮琵琶马上催。醉卧沙场君莫笑，古来征战几人回？”

写到这儿，夜深了，有点儿累了，也有点儿伤感了。那里有酒，可没有哥们儿。要不然，自己喝点儿？助兴，还是浇愁？

67. 茶香淡雅

酌茶原本为实用，
品茗意境妙提升。
闻香魂魄出凡世，
回味精神入空灵。

普通百姓喝茶为了解渴，和尚道士饮茶为了禅道，文人雅士品茶为了文化。对于我来说，不敢以文人雅士自居，但喝茶、饮茶、品茶已经融入了我的生活。

喜欢喝茶，几乎每天都要沏一杯。因为是普通百姓，所以喝茶主要是为了解渴，但也有一点儿禅道，也有一点儿文化。而无论是为了什么，喝茶还是得喝好茶。小的时候，老爸偶尔买些八毛、一块一两的，喝着跟高沫儿一比还真不一样。而现在那样的茶已经是八十、一百一两了，夫人前几天刚从张一元买的西湖龙井、福鼎白茶、信阳毛尖和银针白毫。喝着的确是不一样的，不过我那是为了写作提神才提的要求，不知道口高了还能不能下来。

第一次喝龙井茶，是在 1983 年的暑假。在西湖西边的虎跑山上，十元钱一壶，说是明前的茶叶，虎跑泉的水，感觉很好。

曾经还喝过一次好茶，那是真正的好茶，不知道叫什么名字，说是刚刚下来的新茶。志强老兄和我，作为所长，被新院长叫去谈话。院长给我俩分别沏了一杯，茶叶放得不多，可味道极好，芬芳四溢。直到谈完，那茶还是很有味的。至于谈了什么，已不再记得，可那茶的滋味，却一直回味无穷，暗香浮动。那真是开了嘴了，真不知道天下竟然有那么好的茶。不过，按照逻辑推理，应该还有更好的吧，所以难怪嘛。

如果能常喝这样的上品茶，还真的得用茶艺的器具，有好的功夫，好的朋友，慢慢品来，慢慢说来；慢慢说来，慢慢品来，那会是一种什么样的情景，什么样的享受呀。可惜咱有那好功夫，有那好朋友，但没有那么好的茶。也许是从那以后，对茶开始从喝逐渐向品过渡了。

平日里，自己家喝茶，有时是为了调剂心情。只有怀着好的心情，才能品出好茶的韵味。清晨自己泡一杯茶，听一曲音乐，读一本好书。中午同朋友饭后喝茶侃会儿大山，聊聊闲篇；傍晚沏一壶好茶，与家人叙叙家常，看看电视。

到茶室喝茶，也是不错的。去过一两次，环境很好，氛围很好，当然了，价格也相当的好。如果是好朋友，为了一段好时光，绝对是一种很好的选择，甚至比吃饭还要好。当然，要是在吃了好饭以后，应该就更好了。

茶在需要时，主要还是喝，而只有在不需要时、在闲得无事可做时，那才是真正的品。

品茶可以享受优雅闲适。品茶之所以叫品，因为是有讲究的。品茶所品味到的感受，是那一杯清茶中，淡淡的清香，淡淡的滋味。我觉得看是第一步，也是非常重要的一步。晶莹透明的玻璃杯内，放入一小撮茶叶，倒上开水，在袅袅升腾的水汽中，那一片片嫩叶缓缓舒展着身躯，左右摇摆，上下漂浮，有的迅速沉到杯底，有的则浮上了水面。但无论是沉是浮，它们都默默无闻，毫不保留地奉献着绿色和清香。我最爱看，有茶叶立起来，轻轻地浮动，听说那是有客人要来。一片茶叶，看起来是那样细小、纤弱，那样的无足轻重，却又是那样的妙不可言。第二步是沏茶的过程，洗壶、洗杯、洗茶，沏上之后静静地等，开始酝酿心情。第三步才是品，一小杯茶，应该分三口喝。第一口，试试茶温；第二口，闻闻茶香；第三口以后，才可以慢慢地连续啜饮。而每一口茶入口，都应该在口中停留回旋，慢慢咽下，要感觉到口鼻生香，浅尝苦涩，回味甘甜。云雾的香馨醇厚，龙井的香郁味甘，茉莉花的飘香爽口，碧螺春的柔和鲜甜，一切都尽在不言中。

品茶，既有茶里的味道，还有茶外的神奇。

品茶品出自然天赖。心静之时最爱品茶，闲来泡上一杯清茶，让身心充分浸泡在幽幽的茶香之中，仿佛时间都已停止。静心独坐，捧茶入定，清苦的茶汁幽香四溢，口唇留香。从清清茶水中，可以闻到大自然的气息，可以看到山水的风景。风儿轻轻地吹，花儿甜甜地笑，泉水静静地流，树枝微微地摇，小鸟悠扬地唱，松树悄悄地跳。一切是那么的清幽，使心灵进入了宁静。

品茶品尝人生韵味。茶如人生，浮浮沉沉，有苦有甘，品茶亦是品人生。有人形容："茶如人生，第一道茶苦如生命，第二道茶香如爱情，第三道茶淡如清风。"一个人就像一片茶叶，飘拂在沸沸扬扬的大千世界，难以驾驭自己的生命选择，难以左右自己的人生轨迹，无论满意与否，都要最终走完自己的人生历程。

据说古人还把茶当作陶冶性情，培养情操的途径和方法。唐代的刘贞亮提出"茶可雅志""茶可礼仁""茶可行道""茶可修身"的"茶德"。于是古人便常以茶载道，把"道"寓于品茶之中，使茶性与人性相通，茶品与人品相合，借茶香茶韵，构筑出淡泊谦和的意境。皎然在《九日与陆处士羽饮茶》慨叹："俗人多泛酒，谁解助茶香。"白居易在《琴茶》诗中说："琴里知闻唯渌水，茶中故旧是蒙山。"杨慎作《和章水部沙坪茶歌》："君作茶歌如作史，不独品茶兼品士。"苏轼的《次韵曹辅寄壑源试焙新芽》最是幽默，他把品茶当成欣赏美女，"戏作小诗君一笑，从来佳茗似佳人"。而元稹还作了一首《一字至七字茶诗》，精巧工整，别有情趣：

茶。

香叶、嫩芽。

慕诗客，爱僧家。

碾雕白玉，罗织红纱。

铫煎黄蕊色，碗转曲尘花。

夜后邀陪明月，晨前独对朝霞。

洗尽古今人不倦，将知醉后岂堪夸。

如此看来，喝茶真是好习惯。茶有解渴、文化和交际的功能，还有养生、养神和养德的作用。以后时间多了，自己不妨也实践一下。

多希望，啥时候，和谁，咱们一起品品好茶。

68. 花痴男人

爱美的人都爱花，爱花的人都爱美。爱美之心，人皆有之。而我的爱美之心，更甚之，甚到愿意作花痴。

据说，爱美的人都是自恋的。希腊神话里有一个美少年纳西塞斯，非常爱美，很多的美女都喜欢他。但那时候，还没有镜子，他也不知道自己有多美。有一次，他去远行，看到了一个大湖，很美，很美。纳西塞斯就走过去，坐在湖边，正想伸手去摸一摸湖水，谁知在平滑如镜的湖面时，看见一张完美的面孔，不禁惊为天人。纳西塞斯心想：这美人是谁呢？真漂亮呀。凝望了一会儿，他发觉，当他向水中的美人挥手，水中的美人也向他挥手。当他向水中的美人微笑，水中的美人也向他微笑。但当他伸手去触摸那美人，那美人却立刻消失了。当他把手缩回来，那美人又再出现，并情深款款地看着他。纳西塞斯当然不知道浮现湖面的，其实就是自己的倒影，他竟然深深地爱上了自己的倒影。为了总能看见湖中的美人儿，他日夜守护在湖边。日子一天一天地过去，纳西塞斯不食不寝地待在湖边，甘心做他心中美人的守护神。他时而伏在湖边休息，时而绕着湖岸漫步，但目光始终离不开水中的倒影，永远是目不转睛地凝望湖面，最后，纳西塞斯因为迷恋自己的倒影，枯坐死在湖边。

仙女们知道这件事后，伤心欲绝，赶去湖边，想把纳西塞斯的尸体好好安葬。但纳西塞斯惯坐的湖边，除了长着一丛奇异的小花外，空空如也。原来爱神怜惜纳西塞斯，把他化成水仙，盛开在有水的地方，让他永远看着自己的倒影。那丛奇异的小花，清幽脱俗而高傲孤清，甚为美丽。为了纪念纳西塞斯，仙女们就把这种花命名为Narcissus，也就是水仙花了。而这亦是水仙为何总是长在水边的缘故。也因为这个故事，人们就用Narcissism来形容那些异常喜爱自己的容貌，有自恋倾向的人。

古人爱美，爱花而又自恋的诗人很多。周敦颐一生爱莲，他的《爱莲说》有“出淤泥而不染，濯清涟而不妖”的名句。苏轼的《海棠》：“东风袅袅泛崇光，香雾空濛月转廊。只恐夜深花睡去，故烧高烛照红妆。”将花比为杨贵妃，爱花之情跃然纸上。刘禹锡“唯有牡丹真国色，花开时节动京城”，给予牡丹至高的评价。林和靖的咏梅诗中“疏影横斜水清浅，暗香浮动月黄昏”两句，委婉含蓄，意境隽永。李冬阳最爱水仙的“淡墨轻和玉露香，水中仙子素衣裳。”汤显祖则赞颂茶花，“四海一株今玉茗，归乐长此忆琼姬。”将自己的书房叫作“玉茗堂”。张铁琴用油菜花来抒发自己的抱负：“嫣红姹紫弥天下，关系苍生只此花。”

而要说爱美，爱花，又自恋的人，我觉得古今第一，当属曹雪芹。他的《红楼梦》里有十二金钗，个个貌美如花，如红牡丹宝钗，木芙蓉黛玉，海棠湘云，梨花妙玉。而十二丫鬟也都是花，如凤仙平儿，桃花袭人，水芙蓉晴雯，荼花麝月。这样，作者的化身宝玉，天天都是与鲜花为伴的。《红楼梦》在章回里面还有很多赏花的情节。林黛玉“埋香冢飞燕泣残红”，众姑娘“秋爽斋偶结海棠社，蘅芜院夜拟菊花题”，宝玉黛玉“琉璃世界白雪红梅”“林潇湘魁夺菊花诗”“史湘云醉卧芍药茵”。而宝玉就是那爱花人和护花使者。

我不知道自己有没有自恋倾向，但我很爱美，很爱花。我爱花，从小就爱，完全不知道为什么。按说人是善于学习的高级动物，很多东西都是后天学来的，都是逐渐养成的。但有的东西却是骨子里的，可能还属于低级动物的天生和本性。生来的爱好可能就属于这样一种天性。回忆起来，我最早知道花儿，喜欢花儿还是在上幼儿园的时候，那也是我最早的也最美好的记忆之一。

夏季的一天，跟着妈妈高高兴兴地去了幼儿园。那个幼儿园是“二战”时日军的司令部，有一个日本式的小洋楼，楼墙上爬着藤萝，院子种了树木和花草。我问妈妈那是什么呀，树上面红红的毛绒绒的东西。哦，那是绒花儿，那树就叫绒花儿树。我当时不懂什么是爱，什么是喜欢，就是觉得那花儿真好看。绒花儿树那就是我知道并记住的第一种树，第一种花儿，也是我一生中最喜欢的树。后来慢慢长大，后来真正爱上了花儿。

我爱花，最早主要是受妈妈的影响。春天有花儿看，冬天怎么办呢？妈妈有办法，她切白菜时，把疙瘩上面留出一个塔尖，然后把它泡在一个盘子里，过上十来天，就可以看到白菜花儿了。花枝能长好高，还分出好几个杈儿，黄黄的小花儿特别亲切可爱，给寒冷的冬天带来了盎然春意。从那以后，我就每年自己泡白菜花儿，从来没有间断过，有时白菜吃得快，会接连有好几盘续着开花儿，形成小小的一片春色。“闲花只好闲中看”，我闲时就常常定睛欣赏它们。有时候，我看着白菜花，能看上好半天好半天呢。

小时候，家属区的后面就是山坡，山坡上每年春季都开满桃花儿、杏花儿，还有各种各样的树花儿、草花儿，别提多美多美啦。有一次，大概是上中学一年级了，一个星期天的大早，我起来时家里已经没人了。外面春光明媚，暖洋洋的，干点儿什么呢？“草色青青柳色黄，桃花历乱李花香。”对了，去看花儿吧！就一个人去山上了。到了一片桃树林，桃花儿开得可好了！看呀，看呀，那种喜欢的心情真是无法形容，就像在花儿之中飞来飞去的蝴蝶和蜜蜂。看呀，看呀，忘了时间，也忘了自己，现在形容起来就是太沉迷了，太陶醉了。直到觉着肚子有点饿了，才发现已经快到中午了。还是恋恋不舍，怎么办？对，撅一杈儿带回家去吧。于是，看看没有人，就撅我找到的花骨朵儿最多形状也最美的一枝儿。“蓓蕾或有几分苦，待到花开满枝香。”一路上，边走边看，边看边走，那才叫欣赏呢！

可是快到家的时候，我却为难了。要是碰见女同学多难堪呀！可是又舍不得把那么好的花儿给扔掉，就硬着头皮把花藏在身后，一溜小跑钻进家里。进了家，赶紧找了个酒瓶子，洗了洗，涮了涮，装上水，插进了那枝花儿。又看了好半天，又看了溜溜一个礼拜。妈妈看到我喜欢花儿，就对我笑着说："小子爱花儿怕媳妇儿。"为什么呀，不管那个，反正就是爱花儿。

少年时，我爱家属区四围山坡上的桃花、杏花、梨花。工作后，去的地方多了，我也爱百花山的野菊、玉渊潭的樱花、圆明园的荷花、颐和园的玉兰、洛阳的牡丹、陕北的油菜花儿、法国的鸢尾花、荷兰的郁金香、阿根廷的赛波花。但是我最爱的，还是大丽花，俗称白薯花，因为它的根块像白薯。大丽花花朵很大，圆圆的，花瓣重重叠叠，紫粉色，很像牡丹，比牡丹更艳丽、更绚烂、更厚实、更肥硕、更健壮、更草根。上小学的时候常去人家中学玩儿，最喜欢的就是中学教室前面的大丽花儿，蓊蓊郁郁，艳而不浮，雅而不贵，美而不娇，就像是农村中和小城镇里淳朴善良、美丽大方的姑娘。可是现在，家里边、单位里和街头上种大丽花儿的少了，少得几乎看不到，对我来说，实在是一种很大的遗憾。但是后来有幸在北京的密云，在贵州的彝族村寨，在北欧的瑞典，都看到了自己最钟爱、最钟情的大丽花儿。每当看到这种花儿，我都非常非常激动，心里是一种那样的感觉，萌动、涌动、颤动、扰闹、温馨、舒美，还有好多好多，都没法形容出来。如果你见到并认识喜欢这种花儿，你一定会同意，它是地球上最美丽的花儿。

到了中年以后，我就更加爱花了，而且变得不再害羞了。每次和同事一起去春游，或到外地出差，到外国访问，如果有可能，我注意最多的是花儿，花儿的颜色、形状、姿态、香味儿，叫什么名字，有什么传说，我都观察、拍照、询问。为了找花儿、照花儿、和花儿一块儿照，就不免会脱离集体，偶尔还遭到批评。但有的同事还时不时地招呼我："喂，老白，这有特好看的花儿？快来照呀！"每次外出或者旅行回来，都把照片中最好的花儿，收入我的专门《百花苑》文件夹，一有时间就忘情地看看。

我觉得爱花儿就是爱生活，爱生活就会爱花儿。爱花儿能够使人真实，使人善良，使人美丽，使人丰富，使人充实。我爱花儿，我感觉赏花儿是我的一种超级的愉悦，超然的享受。秦牧认为："爱花，体现了人们美好的生活愿望和审美情趣。"

我觉得爱花儿就是爱生命，爱生命就会爱花儿。爱花儿能够使人有活力，使人有灵气，使人有精神，使人内心和谐，使人身体健康。我爱花儿，我感觉赏花儿是给自己的生命增添色彩，增加长度。

然而花开也会花落，人有生也会有死。每年的花儿都是年轻的，爱花儿的人会一年年老去。怜惜落花，就会更加珍爱生命。"侬今葬花人笑痴，他年葬侬知是谁？试看春残花渐落，便是红颜老死时。"夕阳西下，但愿晚霞更有韵味，更加美丽，更加灿烂。"待到重阳日，还来就菊花。"

69. 石头

我与石头之交，大概是前世之缘吧。很小很小的时候，我就开始研究学问了。关于我生命的诞生问题，母亲笑着回答，是大风刮来的。啊，怎么刮来的，就是一阵大风刮来一个石头子儿，石子儿里一开，就蹦出一个光屁股小孩儿。后来会看小人儿书了，噢，原来孙猴儿子像我一样，也是从石子儿里蹦出来的。后来想起来很后悔，蹦出来时，嘴里没叼一块玉，不然也会叫宝玉的。不是宝玉很可惜，但我的生命与石头还是联系上了。

没错儿，联系是很多的。几十年了可还记得，记得大风刮来石子儿那个房子。房子里边，地面铺着石头，炕头垫着石头，炉子砌着石头，墙里垒着石头；房子外边呢，门阶是石板的，窗台是石板的，房檐是石板的，房顶还是石板的。无论房里房外，还是房前房后，到处都可以看见石头，因为在离房子不远的地方，就是石头滚滚的大石河。河的两边是山坡，满山遍野，和整个地球、整个宇宙一样，到处都是石头。那山上河边的小石头是我小时候最好的玩意儿，我把它们都当成好朋友。我有那么多那么多朋友，每年大水过后，一些可爱的朋友不见了，可又多了许多许多同样可爱的新朋友。

性情中人往往爱结交朋友，各种各样的朋友。人的朋友按说应该是人，但人有可能会翻脸变心，找到终生好友简直属于奢望。与动物植物做朋友也是很好的，可动物植物如果故去，同样令人难过。而有一种朋友却是非常可靠的，不会变心，不会故去，可以长相厮守，相伴终生。这样的朋友，不善言辞，不会伪装，看似冷漠无情，用心去交流，定能感悟到它们是无比温馨。在我的生活中，在我的心灵里，有很多很多这样的朋友，它们都是——石头。

石头是我儿时的朋友。小时候，尤其是在学龄前总也吃不饱的那几年，整个世界上，与我们那伙儿男孩子交情最深的，就是那些石头了，那些风吹雨打酷暑严寒都不怕，总是那么无忧无虑快快乐乐的石头哥们儿。那些哥们儿倍儿听话，我们用它们比远儿比准儿，片噼啪儿，过家家儿，磕佬赢石片儿元宝。山坡上，我们用石头溜桃儿，克杏儿，砍柿子；河边儿上，我们用石头憋小坝，垒跳台，搭小桥儿。石头是我们游戏中最常见的玩具道具，什么火石水石漂石啦，什么石英石钟乳石金刚石啦，种类可多呢。有的时候，石头甚至成了我们与村里男孩子打仗，或者自己群儿里打架的武器。我们还在村子里推过碾子，麦场上拉过碌碡，石井里打过水，石洞中点过火，岩石上睡过觉。石头的乐趣使我们听不见饿肚子的叫声，石头的富有使我们不觉得生活的贫乏，石头的浪漫使我们创造了自己的世界、自己的乐园。石头是憨厚的，石头带得我们，那么愣，那么皮实，那么傻实诚。石头又是有灵性的，石头教得我们那么淘气，那么顽皮，那么鬼机灵。我们的名字没有叫石头的，可是个个像石头似的。回想起来，能整天与石头玩耍的那些日子才是一生最最快乐的时光。

石头是我少年的朋友。上学后，我们坐过石凳儿，使过石桌儿，还在石板儿上用石笔写字儿、画画儿、算算术。书本里我知道了祖先曾用过石器，住过石屋，睡过石床，葬过石棺。后来，画里画外又看到了地宫、石林、赵州桥、飞来石、梦笔神花、敦煌石窟，还有那异国的维纳斯、罗马柱、大堡礁、金字塔、复活节岛上的巨石像、蒂华纳科的太阳门。我感觉置身在石头的海洋、石头的世界、石头的宇宙，石头使我兴高采烈，石头使我如痴如迷。石头领我走进生活，走进知识，走进遐思和梦幻。我仿佛知道了生命的起源，好像懂得了为什么“人者乐山”， 似乎明白了《红楼梦》怎么就是《石头记》。长大后，开始感知男女之情，而石头对于我，也如同是窈窕淑女，也等于是红颜知己。

石头是我中年的朋友。石头不老，人已不年轻。岁月流逝，更增石头情。生活清淡，家里值钱的东西不多，精神富足，室内无价的石头不少。

我乐意在家里赏石头——石砚台、石围棋、石茶几，延庆木石山的木化石、桂林漓江水的漓江石、海南珊瑚岛的珊瑚石、南京雨花台的雨花石。我也喜欢到外面去观石头——河卵石、花岗岩、汉白玉，云居寺神奥神圣的石经版、天安门忧国忧民的望君归、卧佛寺善心善意的弥勒佛、颐和园怪头怪脸的太湖石。对石头的观赏加深我的世界认知，增添我的审美情趣，激发我的生命热情，提高我的精神品位。

我爱石头，我爱石头的色泽、石头的形状、石头的纹理、石头的图案。我爱石头，我爱石头的气质、石头的神态、石头的英姿、石头的风采。我爱石头，我爱石头的静默、石头的练达、石头的沉稳、石头的憨顽。

也许是一种遗憾，我没有名贵的玛瑙翡翠、红蓝宝石、水晶钻石，可我的每一位平俗的石头，都有一个来历，都有一段故事，都寄托着深情的怀念，都记载着美好的回忆。它们普普通通、平平凡凡、淳淳朴朴，没有财富、没有地位、没有名气，但我们彼此实实在在、真真切切、亲亲密密。

我爱它们，我的石头朋友，过去，现在，将来，永远。

70. 扇子

非常遗憾，有一些老祖宗传下来的好东西，现在已渐渐被人们淡忘了。可我这个人实在太愚太拧，对一些古朴之物就是情有独钟。就拿扇子来说，再热的天，我也不要什么温度恒定，而宁肯土一点，热一点，累一点，也愿意亲手摇扇取风，尽管不那么酷，可是乐在其中。

扇子轻摇，摇啊摇，轻柔的风送来的不仅是凉爽，还有悠闲，还有恬静，还有雅趣，还有温情。

我喜欢扇子，扇子喜欢常在我的手中。

三伏天，吃热汤面，出一身大汗，真叫痛快。这时，再用扇子慢慢一扇，这才可以算作老北京。夏天朋友来串门儿，摆上围棋，递过扇子，这种乐趣全在扇子的风中。晚半晌儿，暑气未消，树林边儿一溜达，拿把大扇子，既扇凉儿，又掴虫儿，与街坊聊聊天儿，快乐好心情。回到家，沏杯茶，左手拿本书，右手扇着风，进入另一个世界，沉醉在另一种心灵。

我喜欢扇子，扇子常在我喜欢的人手中。

扇子是宝物，扇子常在神仙手中。悟空借来芭蕉扇，扇灭火焰山的大火，保护唐僧去西天取经。

扇子是慧物，扇子常在智者手中。诸葛亮羽扇轻摇，谈笑风生，数万大军，指挥若定，三分天下，一扇而成。

扇子是趣物，扇子常在艺人手中。魔术师的扇术之妙令人拍手叹惊，舞蹈家的扇舞之美使人陶然怡情，而收藏者的扇藏之奇叫人浮想联翩、如幻如梦。

扇子是念物，扇子常在朋友手中。赠别之物，礼轻情重。睹物思人，往事如烟。深厚的情谊就在扇子里，美好的回忆就在微风中。

扇子是信物，扇子常在恋人手中。扇子虽轻，海誓山盟。一把扇子，两地相思。扇子不动情已动，扇子无声胜有声。

扇子是爱物，扇子常在母亲手中。“月儿明，风儿轻……”蒲扇在孩子身边轻轻、轻轻地摇动，柔慢舒适的微风里，散着妈妈的气息，融着妈妈的慈爱，带着妈妈的希冀，飘着妈妈的憧憬。

扇子是俗物，扇子常在百姓手中。扇子扇凉又扇热，扇旺炉火，屋不冷清，饭菜飘香，热气腾腾。扇子扇冷又扇暖，扇去忧愁与烦恼，扇出快乐和高兴；扇走不和与不慕，扇来友情和亲情。

我喜欢扇子，扇子常在我喜欢的人手中。我喜欢扇子，扇子喜欢常在我的手中。扇子轻摇，摇啊摇，凉爽的风送来的不仅是轻柔，还有好诗，还有美景，还有佳人，还有甜梦。

71. 桥

路很重要，路是好走的道。

桥更重要，桥是断路的连交。

桥牌如果没有过桥，再好的牌也会断掉。

山水若是没有桥，很多的路都要远绕。

事情需要搭桥，那是关系的链条。

情感鹊桥，那是恩爱的通道。

我知道桥的用途，是小时候过河时；我知道桥的伟大，是在上学读《赵州桥》时；我知道桥的美丽，是在去颐和园时看到了玉带桥和十七孔桥。

现在的桥，下面有水的少，桥不再那么实用，但仍然是一道风景。而人们之间那心灵的桥，又有多少可以顺当地连通。

缘分是座桥，两心得相交。情意灵犀走，天涯连海角。

桥是景，景是桥，桥为山水作通道。

心有灵犀一点通，我今天才悟出，那就是心灵的桥。

人两个，心一条，心有灵犀默契高。

青山美，绿水娇，桥上桥下相视笑。
天堂上，有鹊桥，七夕相会情不老。
潺潺流水弯弯桥，月亮当空朗朗照。
桥上你在痴痴望，有人看你偷偷笑。
七七天上有鹊桥，桥头悄坐是月姥。
你我桥上来相会，牵手同行长相好。

72. 紫色浪漫

如果天堂选出颜色最美丽的花种，那很可能，是紫罗兰、蒲公英、薰衣和紫藤。

紫色花朵，在幽静的山中，在清净的院棚，在安静的凉亭，在宁静的窗前。紫色花朵，像温馨的湖水，像深情的岩洞，像白天的幻梦，像飘逸的空灵。紫色花朵，有高雅的品性，有色彩的浓重，有浪漫的恋情，有心灵的感动。

紫藤，是紫色的雨。萌萌落紫雨，飘飘飞绮丽。浪漫且高雅，梦幻而神奇。紫藤，前廊灵动挂白水，后院浪漫紫花飞。串串玉珠露吉祥，片片幽帘藏富贵。紫藤，轻慢爬凉亭，为人们添雅兴，串串都灿烂，飘逸而隽永。紫藤，高贵而深情，浪漫又灵动。朝气蓬勃美，飞跃向天空。

紫罗兰，是位姑娘，亭亭玉立，衣裙漂亮，给早春带来欢畅，给夏夜送上清凉，给晚秋飘来暗香。你有紫色的情牵，紫色的眷恋，紫色的思念，紫色的缠绵，紫色的怀远，紫色的梦幻。你善良又大方，温柔又浪漫，含情静脉脉，弄姿多卷卷。

勿忘我是红娘。勿忘我以前的传说都是悲剧，让人太伤心，也影响了花的美丽。因此，我在这里就编了一个新的传奇。一对青年男女，都感到特别失意。他俩分别从两边的山脚下上山，不准备再活着回来了。而就在山顶上，他俩同时看见了一棵美丽的花，就都走了过去，他俩都很爱这棵美丽的花。他俩的目光相遇了，并且都说出了自己的绝望。越说越投机，结果一见钟情，开始产生了好感。第二天，第三天，他俩又来到这棵花前。不知过了多少天，他俩相爱了，不仅重新有了生活的勇气，还有了美好的愿望。俩人非常感谢这棵美丽的花，却不知道花的名字。这时候，这棵花居然说话了，你们就叫我“勿忘我”吧，希望你们年年能来看看我。

73. 跑出生命活力

刚刚跑步回来。三九天，大风，很冷，耳朵生疼。但是心里好舒服，精神很愉快。

跑步已经有 40 多年了，尽管有断续，可总的来说，一直在坚持。

记得最早的跑步，是在上初中的时候。当时有一个活动叫象征性长跑，从北京一直跑向什么地方，好像是韶山吧。每天跑完都要报公里数，还搞评比，根据跑的距离来移动小红旗的位置。那时候，经常吃的不太好，到第四节课就饿得受不了了，也不知道对身体好不好。

工作以后，我教小学的科目之一是体育。没有操场，没有马路，带着小学生，或者我自己，每天顺着河沟去跑，很幽静，很惬意。

在中学教语文当班主任的那年，1978 ～ 1979 学年度，我天天带着我那班初一的学生跑步，我们班还得了运动会第一，应该有跑步锻炼的原因吧。我还参加了房山的

11000 米长跑比赛，从房山中学的操场，跑到周口店再折返回来。男子一共 300 来人参加，取名次 50 人，我得了个第 45 名。我的同事一个得了第 27 名，一个得了第 18 名。那一年是房山邮电局的小马得了第一。我比赛完，一个星期都抬不起腿来，从没跑过那么远的距离。

在房山师范学校上学的时候，我参加了北京市中专运动会的比赛，我除了得了铅球冠军破了纪录（7.256 公斤，扔了将近 11 米），我还参加了 400 米接力并得了第一，可是因为跑第四棒的那个同学太狂，居然过终点把接力棒给扔了，结果按规则被取消了名次，多可惜呀。留校后，我当班主任，每天早晨和我们外语班的学生一起出操跑步。

上大学的时候，已经 30 岁了，我参加了 100 米比赛，还得了个第二，成绩是 12 秒 8。留校当老师以后，我 40 岁跑了 13 秒 5，与一位小我 11 岁的年轻人并列第一。

儿子五六岁时，我还带着他在我们住地旁边，荣宝斋西边的胡同里跑步。他那时跑得可好了，居然在跑了两三千米后还能冲刺，有时候还能超过我。可惜他没能继承我的这个兴趣。

后来，跑步再也没有记过成绩。到社科院后，跑步大多改在晚上，一般是在九点以后，大约跑 3000 米。不是因为后来说的晚上跑步多么好，而是因为早晨起不来。天气不好的时候，我就在家里铺块毯子原地跑。

后来，空气越来越不好，尤其是这些年的雾霾，使我跑步的积极性受到很大影响。雾霾也成了我有时中断跑步的一个借口。这几天没有雾霾，我又跑了起来，真好。

现在都说走步比跑步好，我却不以为然。跑步是有腾空的，比走步也快，所以消耗的热量会更多，锻炼的效果会更好。当然，也要量力而行，不能过力而伤了膝盖。

跑习惯了，几天不跑就不敢多吃，睡觉也不实，身上缺少力气。现在岁数大了，跑步就更加重要了。跑步使我非常受益，锻炼了身体，磨炼了毅力，调剂了精神，增加了活力。有的时候，跑着跑着，偶尔还能冒出一些创作的灵感，《重活甲子》，就是跑出来的，真有意思。

可能是因为常年跑步锻炼，再加上注意饮食和调整心态，我几乎不生病，血压基本正常，体态基本正常，除了去看过牙，从不上医院。我本人就是自己的保健医生，随时都给自己做体检。跑啊跑，跑啊跑，跑没晦气烦恼，跑来健康欢笑，跑走春夏秋冬，跑出人生逍遥。

74. 心远地自偏

人生在世，追求的是幸福。而幸福有时是由心脑产生的。

心脑产生幸福，也需要有条件。条件中，按照马斯洛的理论，有生理、安全、社会、尊重和自我实现的需求。而在这些需求中，除了马斯洛所说的五种层次的需求，其实还应该包括审美的需求。美的需求，是需求环境的安宁和美丽，是需求对人和事物的喜爱，是需求精神的愉悦和快乐。这些需求，与“自我实现”的需求一样，都属于高层次的精神需求。

这样说来，我们就能更好地理解，当陶渊明在政治上自我实现的需求不能实现时，就转而寻求审美的愉悦和安宁的心境。于是他才写下了《归去来兮辞》《桃花源记》《归田园居五首》和《饮酒二十首》。

陶渊明在退隐之后，总是保持着安宁的心境。隐居生活虽然艰苦，却也是充实、愉快的，因为他在安宁而美丽的田园中找到了心灵的归宿和寄托。他《归园田居》之一中这样深情地写道：

少无适俗韵，性本爱丘山。误落尘网中，一去十三年。

羁鸟恋故林，池鱼思故渊。开荒南野际，守拙归园田。

方宅十余亩，草屋八九间。榆柳荫后檐，桃李罗堂前。

暧暧远人村，依依墟里烟。狗吠深巷中，鸡鸣桑树颠。

户庭无尘杂，虚室有余闲。久在樊笼里，复得返自然。

这首诗写出了他的心路历程、生活状态和心理状态。他在平凡的日常生活中发现了许多乐趣。比如，他用酒菜招待邻居，“漉我新熟酒，只鸡招近局。”又比如，他特别享受自然的宁静，“五六月中，北窗下卧，遇凉风暂至，自谓是羲皇上人。”还比如，他特别珍爱家庭的亲情，“弱子戏我侧，学语未成音。”在学问上，他还有一些民间好友，“邻曲时时来，抗言谈在昔。奇文共欣赏，疑义相与析。”

他对乡间的生活，有这样的体会：

结庐在人境，而无车马喧。

问君何能尔，心远地自偏。

采菊东篱下，悠然见南山。

山气日夕佳，飞鸟相与还。

此中有真意，欲辩已忘言。

这首诗表现了陶渊明自得其乐的隐居生活和他那种悠然、恬静、消雅的心境。“问君何能尔？心远地自偏”，一语道破了他之所以能有这种心境的原因。诗的意境产生了一种空灵之感，能够使人身临其境，仿佛就在仙界之中。他是东晋的一位伟大隐士。从客观上看，他不愿意与那些贪官污吏同流合污。从主观上看，则是因为他自身所形成的性情而使然。因为当生活与本性产生冲突之时，有时鱼和熊掌就不能兼得。而陶渊明“性本爱丘山”，就取熊掌而归山林了。

陶渊明本来是心怀壮志的，年轻时也盼望着做一番事业。他歌颂不怕牺牲反抗暴秦的义士荆轲，他赞美以微弱之躯衔着树枝去填平沧海的精卫，都是这种精神的表现。但是陶渊明身逢乱世，作为一个社会地位低下的士人，他根本不可能有所作为，只好放弃兼济天下的雄心，转而追求独善其身，当他看透官场黑暗后，便义无反顾地辞官归隐。

正是因为如此，陶渊明在中国文化史上，是一位非常独特的人物。他的一生平平淡淡、普普通通，并没有什么了不起的功业，但他却永远是人们无比敬仰的文化伟人。对于他崇高的品格，龚自珍给于崇高的赞扬：“渊明酷似卧龙豪，万古浔阳松菊高。”这也是对他“心远地自偏”的理解和赞颂。

“心远地自偏”，那么，怎样才能达到“心远”的精神境界呢？我认为关键是领悟他的心性深度和处世态度，那就是自然、淳朴。陶渊明在《五柳先生传》中，自称其写作是“常著文章自娱，颇示己志”，可见他吟诗作文，只是为了自娱，而不是想在文学史上留名，更不是为了取悦他人。所以这样的诗文，一定会是自然而淳朴的。

“心远地自偏”，追求自然与淳朴，就要更多地接近大自然。在嘈杂的城市里居住，难免觉得枯燥乏味、焦躁不安。期盼有一方属于自己的水土，似乎不太可能。但多多走近自然，多多住住郊区，不失为一种很好的方法。而随着年龄的增长和有了退休的条件，这个想法变得越发强烈了。

“心远地自偏”，我喜欢郊区，更喜欢有山有水的郊区和郊区的农家庭院。在院子中，可以种植蔬菜、花卉、果树，可以搭建精巧的微观山水，可以在闲暇的时候喝茶、聊天、读书、写作。在山坡上，可以春天看花蝶，夏天看竹节，秋天看红叶，冬天看白雪。在田野里，可以林中听鸟鸣，河边听蛙声，地头听蟋蟀，田间听微风。那该是何等的安逸，何等的沉迷，何等的潇洒，何等的甜蜜。

“心远地自偏”，这一切都在郊区，这一切都在我的心里。人生所追求的幸福，有时就在自己梦想的那片田地。

75. 室花世界

早晨睁开眼，就看到了世界，就看到了我的花儿世界。看看那些花儿长得好不好，长新叶了吗，要开花儿了吗。看看那些花儿是什么形状、什么颜色，闻闻她们是什么香味儿。

我家的房子不大，可花的世界很大。一花一世界，大大小小 70 多盆，多么大的世界呀，简直就是个小宇宙啦。花儿在我家处处都在，每个地方和房间里都有，门厅、厨房和卫生间也不例外。无论走到哪儿，坐在哪儿，总能看见她们对我笑逐颜开。

先看卧室的花儿，她们都在窗台儿上。东边的窗台儿是榕树和伞竹。榕树很好养，见不见光都成，水多水少也没关系。北边的窗台儿是仙人指、橡树，我剪下枝条插活的两棵小澳洲杉，还有在我取的土里自己长出来的喇叭花儿和一棵从没见过的草本植物。可惜今年夏天卧室的北窗户没关好，风刮下来三盆花儿，可把我心疼坏了。小橡树虽说救活了，但折了树尖儿和两片大叶儿，好可怜呢。前些日子，我发现树尖儿和没了叶儿的地方都长出了新芽儿，太让我高兴了，她居然也有自我修复功能，不但重新获得了生命，还重新完善了自己。

南边书房的榻榻米上摆着两排五盆儿花儿。靠南的第一排，中间是大盆儿的澳洲杉，长得很茁壮，中间的主干挺拔威武，周围的枝杈儿旁逸斜出，像个大伞盖，我真想变成个小人儿坐在他的树根儿靠一靠，乘个凉儿，睡会儿觉。澳洲杉的左边是梦幻天使，我不知道她的学名，好像是柱顶红的一种，只是她的花儿有红，有白，有青。她的花期最长，从去年买来，一年多了还一直在开，会不会总是有花儿开呢？澳洲杉的右边是一帆风顺，花儿不多开，一次一两枝，花儿的样子的确有点儿像船帆。

第二排从左到右是平安竹和橡树。炕上右边的柜子格子上，几条紫色的柳叶儿吊兰垂下来，垂到炕上还在爬。地上左边的书柜顶上，绿色的韭叶吊兰垂到半腰，可能是上面不见光，长得不太好，也没开过那白白的小花儿。

桃之夭夭，灼灼其华。何须浅碧深红色，自是花中第一流。书房西墙八仙桌上有一个花瓶，里面有两枝桃花儿，高低错落。一枝粉红，红的艳丽，一枝粉白，白的淑雅，淡妆浓抹总相宜，一张张动人的笑脸总是那么快乐，总是那么年轻。可人面不知何处去，桃花依旧笑春风。春风拂柳，北墙书桌上，在我捡来的一大块山石上面，摆着一棵小柳树，枝条弯弯曲曲垂下来，像在随风摆动，婀娜多姿。这棵小柳树已经三十年了，比我儿子还大一岁呢。这些年她一点儿都没长，但依然是那么绿，总是在风中飘舞。

客厅里中间靠南一点儿有个花格月亮门儿，一枝枝绿萝在网格上竞相攀爬，高高的，长长的，枝条蜿蜒，叶子飘逸，带着生机，带着希冀，带着俏楚，带着诗意。月亮门儿的南边正对着门儿的是木头的大圆桌。桌上花瓶里三大枝梅花儿红艳艳的，也衬着几枝绿绿的富贵竹，也是真假结合，很多人看了都说好。东南角儿的角柜上有一盆儿紫色的蝴蝶兰，常年开得那么美，很少有人敢说是假的。

月亮门儿的西北一点儿有个大鱼盆，盆里有一座假山，假山上有钓鱼的老翁，放牛的牧童和高高的琉璃塔。塔的左下有一蒲紫吊兰，右下有一棵纹竹，纹竹下有一棵小伞株。挨着假山的是木沙发，宽宽的扶手上有真的榕树盆景。据说叫泰国榕树，树根粗粗细细抱在一起，像人参似的可好看了。枝杈的形状是我剪出来的，还算是得意之作吧。沙发北边东侧的扶手上，是小盆儿的仙人掌和兰花。沙发前面的茶几上，有一瓶水栽的油绿油绿的滴水观音，有一小盆儿嫁接在仙人掌上的白色、红色和黄色的仙人球，有一个澳洲杉的微缩盆景，三木成林，林下有几块石头，看上去小巧精致，非常可爱，小杉树的确是真的，可竟然常被人问是假的吧。

沙发的对面，电视背景的左上角右下角，大大的牡丹富贵娇媚。电视下面的长条儿柜上从左向右是插着鸡毛掸子的瓶子，莲粘有鱼（连年有余）的木雕和花瓶里素雅的白百合。百合的右边，有人说有点儿像苏州园林，因为和月亮门儿搭在一起，是一棵已经抚摸着屋顶的凤尾竹。她的枝叶斜着探出来，就像孔雀的尾羽，灵动飘逸。凤尾竹很美，夏威夷竹更有清风傲骨。她就站立在沙发北边挨着客厅推拉门的地方，“所有的丫枝一律向上，而且紧紧靠拢，也像加过人工似的，成为一束，绝不旁逸斜出”，那是一种真男人的精神。是因为敬仰文人苏轼吧，我家的竹子是最多的。宁可食无肉，不可居无竹。现在生活好了，可以顿顿有肉吃了，可保持竹的刚直，竹的气节，竹的清廉，竹的高雅却更难了。常常看看竹子，对于性格情操兴许会有些目染心浸的陶冶吧。

夏威夷竹的对面，电视墙的左边是一棵大大的吉祥铁，他长得壮实挺拔，古老而又年轻。

客厅推拉门的外面就是北阳台了，这里是花儿的大世界。现在高高矮矮种的有茉莉花、海棠花、长寿花，有青苹果、蟹爪莲、清香木、红豆杉、美丽之星，有发财树、银杏树、幸福树和绒花树。还有一些随我取的花土而来的不知名的野生小植物。有一棵样子有点儿像蒲公英，叶子长了一茬又一茬，我以为只长叶儿不开花呢，可忽然一夜间她长出了高挺儿，亭亭玉立，最后长出了花骨朵儿，终于开出了花儿，外圈是黄黄的边儿，中间是紫红的，心儿里是绿色的花蕊，别提多美了，见过的人爱得不得了，都说从来没见过。我还给她们拍了照，您有机会也看看，保准您也喜欢。随花土而来的最多的是毛毛草，好多盆儿里都有她们的身影，我不舍得将她们拔掉，她们长得可好呢，为我的住处平添了几分自然，几分野趣。切尼在《野花与鲜花》中说："花是可爱的，而草却被人轻弃，然而它们同受阳光的哺育。到它们枯萎的那一天，将同被埋葬在漫漫长夜里。"我对毛毛草情有独钟，不仅因为她们的顽强生命力，她们的朴实无华，还因为她们是我儿时的伙伴，并且连着我的两个小秘密。诗人洛威尔好像很懂得我，他说："窥得一棵小草埋在朴素心中的秘密，便可以窥见精神世界的细微之所在。"

在我家花儿的世界里，有的是常住，有的是过客，来了又去，去了又来。曾经来过的有：白色的香桂和蝴蝶兰，红色的梅花和茶花，粉色和蓝色的菊花、紫色和黄色的大丽花。她们的离去，令人惋叹，有的是因为我不会养，有的是因为她们自己不适应，还有的天生就是红颜薄命，花季一过，自己就枯萎了。但她们的娇容和香气依然还在，我常常想起她们，为她们而悲伤，为她们落泪，就像宝玉惜花，黛玉葬花。

在我家花儿的世界里，我最喜欢的是合欢树，也叫绒花树的绒花儿。她们是我最早认识的花儿，也是我一生最最喜欢的花儿。记得是第一天上幼儿园，妈妈领着我进了一个院子的门，眼前忽然出现了一个仙境。

"哎呀，妈妈，妈妈！看，红红的！是云彩吧？"

"呵，那都是花儿，绒花儿。"

那天，在幼儿园的院子里玩耍的时候，我时不时就愣愣地看着那绒绒的花儿。从此，花儿就那样飘进了我的眼里，我的心里，飘进了我的生活，我的世界。

上小学的时候，在人家中学的校园里看到了大丽花。那么硕大的花朵儿，那么肥厚的花瓣儿，那么高挑的身材，那么动人的姿态。后来在密云，在云南，在瑞典……当我看到大丽花儿的时候，简直太激动了。后来在我家里，还真的养了几盆儿大丽花儿，实在太美了，给她们拍了好多好多的好照片，都珍藏在我电脑的“百花园”里。

上中学的时候，去山上带回来一大掐儿桃花儿，怕让女生看见，还得躲着藏着。到家插在了酒瓶里，天天换水，足足看了一个星期。妈妈笑着对我说：“哼，小子爱花儿怕媳妇儿！”后来怕了吗？还真是的。

结婚的时候，我们在新房正中的圆桌上放了一大瓶假花儿，各种各样，绚丽多彩。为此，被有的同事说成有小资思想，还竟然一时影响了我的入党呢。

我爱花儿，尤其爱大自然中的花儿，在单位是出了名的。出去游玩，我最爱照的就花儿，最爱一起合照的还是花儿。同事们总笑话我：“呵，又照花儿呢！”“喂，快过来，这儿的花儿也想跟你照！”有人问过我，咋这么爱花儿呀？我说我也不知道呀，心里在想，可能天生的就爱臭美，爱生活，爱大自然吧。

把自然搬进家中。花草给我们带来美丽，给我们带来安静，给我们带来氧气，给我们带来气爽神清。让花草成为我们的爱好，成为我们的生活方式，成为我们的审美需要，成为我们的精神寄托。

一花一世界，一叶一菩提。花是真善美，花是情所系。现在，养花儿、赏花儿，已经成为我的生活习惯、生活内容、生活方式。如果重活一回，我一定好好地学学园艺，做一个好的园丁，让自家的花圃、菜园子和果园里都开满花儿，让自己天天都和花儿为伴。

76. 钓鱼的乐趣

今天钓鱼去了，好友邀请。不知他是怎么想的，是为了喝酒聊天儿，为了中秋提前乐呵，还是为了培养我退休后又一个兴趣。

一开始没什么感觉，鱼塘一般，环境也一般，没有很激动，只有点儿新鲜感，而那几棵山里红长得特别好，树不大，果儿特多。不过，很快就进入了角色，很快就投入了心情，很快感到了快乐。

据说，钓鱼的，大都不是为了得到鱼和吃鱼。他们享受的多半儿是一种闲在，一种闲适，一种闲趣吧。

渔友们很随和，彼此亲切，有说有笑，还有照顾，帮助和指教。我朋友的两个朋友，技术特好，钓得很多。我们几个不会钓的，居然也都开张了，包括两位女士，一共钓了 75 斤 8 两，那叫一个高兴。我钓了四条，两大两小。两条大的都一斤多，两条小的也就不到半两吧。不过两个小的是一杆钓起来的，还一边儿大，挺好玩儿的！忽然又觉得它俩挺可怜的。回到家，在收拾我们自己钓的鱼的时候，心里也怪那个的。

我是不怎么会钓鱼的。小的时候，跟小伙伴们一起钓过。自制的鱼竿，自己找的线绳，自己用牙膏皮熔化了做的鱼沉子，自己用格档儿做的鱼漂儿。我们钓的是清水鱼，因为工具简陋，技术差，河水也简陋，钓上来的，一般都是小麦穗儿、小白鱼儿、趴了虎，偶尔也有大一点儿的鲶鱼和嘎鱼。

钓麦穗儿鱼最好玩儿。把鱼钩儿放在它们的石头窝边上，看着它们出来侦查，回去商量，又出来又进去，就是不吃钩，我们焦急又耐心地等着，边上看的人，比钓鱼的人还着急呢。终于，有胆儿大的，咬钩了，我那个兴奋！

有一次，我很幸运，居然钓了各种鱼，大大小小一共有一斤左右，好像那次我钓得最多。于是，高兴地回家，高兴地把鱼收拾好。想到第二天父母就要回家，没舍得自己做了吃了，就把鱼撒了点儿盐腌上，放在了小厨房，想给爸妈一个惊喜。可第二天起来一看，可就傻了，急了，那盘儿鱼一条都没了！眼泪都掉下来了……

工作之后，只钓过两次鱼，一次是在丰台南宫，一次是在顺义杨镇。

丰台那次，我把自己仅有的一点儿技巧都教给了一个同事。可他居然在富饶的室内鱼池，比我钓的还多，后来还老拿这事儿气我。

顺义那一次，不知什么原因，没赶上那拨儿，我们七八个人竟然谁都没钓着，那叫一个失望，扫兴和寒碜。塘主不好意思了吧，就用网打了不少送给了我们，因为他是我们同学的好朋友。可我们却一点儿也没高兴起来。看来，钓鱼真的不是为了得到鱼。

现在退休了，会不会把钓鱼当成生活的一个新乐趣呢？

“西塞山前白鹭飞，桃花流水鳜鱼肥，青箬笠，绿蓑衣，斜风细雨不须归。”

77. 快乐地歌唱

不知道是因为性格活跃就喜欢唱歌，还是因为喜欢唱歌就性格活跃，反正我是喜欢唱歌，而且从小就喜欢，那时的一些歌曲现在还会唱呢，什么《花儿朵朵向太阳》《让我们荡起双桨》《铁道兵战士之歌》……

初中毕业当老师时，居然就是教小学音体美。那时还学会了弹脚踏风琴。上课之余，没事儿就自弹自唱，《战地新歌》两本，几乎都会唱。后来不再教音乐，就只是偶尔唱唱了。

上大学时，还曾担任过领唱，唱的是《四渡赤水出奇兵》，我们竟然还获了奖。我们的教练，音乐学院的教授，说我的嗓子很好。我很明白，说我嗓子好，其实也就是说我的技巧不够好吧。

卡拉 OK 出来以后，节奏不太适应，再加上有些麦霸，我唱歌的兴趣减了不少，甚至有机会的时候，也都是躲着不去唱。

从去年开始吧，同学老师一起去唱歌，使我的兴趣越来越高了。可一开始除了《驼铃》等一两首老歌唱得还凑合，新歌会的不多，唱得也不好，甚至有的都不在调上。

但是，为了同学老师能够聚会，还是隔长不短就去唱一次，而我的歌也就有了进步。现在则是越来越爱唱了。不过，主要还不是因为有了进步就爱唱了，而是因为我体会到，唱歌真的有很多好处。

唱歌可以交友。唱歌最好是一起唱，相互欣赏，相互鼓励，相互学习，相互了解，增进友谊，一起快乐。

唱歌可以审美。唱歌可以陶冶情操，净化心灵，提升艺术修养。还能改善气质、美化容颜。曲调的美，歌词的美，声音的美，情境的美，噢，甚至还有跑调儿的美，错词儿的美！

唱歌可以健身。人的生命力，有一种健康呈现就是气力。唱歌须用气，用底气。气息，是唱歌的灵魂！气息，同样也是人生存的灵魂！歌唱可以更多地呼出体内的浊气，吸进新鲜空气，清洁人的血液，让身体细胞得到更多的氧气。

经常唱歌能增加肺活量，补充元气，燃烧脂肪，去痛忘忧，更有活力。此外，经常唱歌还能治疗心理创伤，增强免疫能力，防治抑郁，癌症等疾病。

唱歌可以健脑。人的健康，首先是脑的健康。唱歌需要记曲子和歌词，需要学习发声的技巧，需要理解歌曲的含义，需要处理歌曲的表现，需要准确地听音乐的节奏。这些都需要动脑子学习，可以提升大脑的各种能力。

脑的健康增强了，身体其他的部位都能受益。唱歌可以释放一种荷尔蒙，防治痴呆。痴呆不仅是老年人的脑功能退化，在各个年龄段的人都程度不同地存在。唱歌不仅可以防止痴呆，还可以提高注意力、记忆力、理解力和表现力。

最重要的是，唱歌可以快乐。人的健康、友情、智力、发展和成功，都与快乐有密切的关系。唱歌是生活中很重要的一种快乐，而且是全面的、尽情的、高级的、超然的一种快乐。唱出来应该比说出来更好，所谓一吐为快，可能也应该包括唱歌吧。

我是一个快乐的人，一直都是。不知道是为了快乐就更喜欢唱歌，还是因为喜欢唱歌就更加快乐。反正我现在特别喜欢唱歌，而且越来越喜欢。

为了听歌、学歌、录歌，我还买了两个随身听，在没事儿的时候，遛弯儿的时候，坐车的时候，旅游看景儿的时候，都随时听听，增加了很多快乐。

唱歌多了，快乐也会越来越多吧！

78. 旅游之美

很多人都喜欢旅游，旅游有很多好处，而对于我来说，旅游主要是为了审美。

每到一地，无论近郊还是远郊，无论国内还是国外，我无时无刻不在寻找美，发现美，欣赏美，记录美。

山水、花草、树木、建筑、雕塑、帅哥、秀女、美食，都是寻找的目标，都是我欣赏的对象。

因此，熟悉我的人，都说我爱美，还得了外号——白臭美。臭就臭吧，我还是一如既往地爱我喜欢的美。

“青树翠蔓，蒙络摇缀，参差披拂。”柳宗元爱美，他爱清澈的小石潭。“五岳归来不看山，黄山归来不看岳。”徐霞客爱美，他爱最美的山。“那河畔的金柳，是夕阳中的新娘，波光里的艳影，在我的心头荡漾。”徐志摩爱美，他爱异国的康桥。“翠湖的茶花多，开得也好，红彤彤的一大片，简直就是那一段彩云落到湖岸上。”阳朔爱美，他爱蓊蓊郁郁的茶花。

我爱美，爱得深切，爱得热烈，爱得陶醉。爱是我的性格，

爱是我的生活，爱是我的生命，爱是我的灵魂。

出门呀，咱们去旅行，阳光那么温暖，风儿那么柔轻。

出门呀，咱们去旅行，到山林享受幽静，去水边看鱼游动。

出门呀，咱们去旅行，在沙子里做梦，到大海中跃冲。

出门呀，咱们去旅行，绿草那么的绿，红花那么的红。

出门呀，咱们去旅行，去欣赏自然的自然，去感受风情的风情。

79. 快乐的厨房

罗·伯顿说："烹调是一种艺术，一种高尚的技巧……"很遗憾，我弄的不是烹调，只是做饭，所以既谈不上是艺术，也谈不上是高尚的技巧。我弄的是做饭，是老百姓天天都要吃的普普通通的饭，所以我弄的只是乐趣。

什么是乐趣？乐趣首先是有兴趣。小时候，父母经常让我和哥哥帮助做饭，可能因为家里没有女孩，可能因为他们想减轻自己的负担，也可能因为他们要培养我俩的劳动习惯。不管怎么说，我俩必须一起做饭，不知道哥哥怎么想，反正我从来不烦。父亲主要是炒菜，母亲主要是做主食，我呢，"红案儿白案儿"都得学，可一点儿也不烦。一开始就是剥葱剥蒜洗菜，后来就得打下手，擀面、擀皮，再后来父母上班不在家，我俩就得自己做了。

什么是乐趣？乐趣来自喜欢。慢慢地，我开始喜欢做饭了，并希望把饭做得好些，再好些。父亲做饭好吃，因为他爱吃，也吃过，见过，还喜欢自己做。他原来家里比较富，肯定家里吃饭比较讲究，而且他还吃过不少有名的饭店，什么萃华楼、广和居、四如春、聚贤堂之类的。父亲为了提高做饭的水平，还与专业的厨师请教、探讨。他还爱请客，客人如果说他做的菜好吃，他特别高兴。八几年的时候，结婚已经开始自己家摆酒席，我父亲就常被红房子的邻居请去做大师傅，他为此很是得意。那时候他做得最好的焦熘肉片、烧茄子、辣子鸡丁儿什么的。但父亲是山西人，不太爱吃鱼，也不太会炖鱼。我母亲是天津人，鱼做得比较好，特别是黄花鱼。而炸酱、打卤和味汆儿，都是爸爸的事儿。

喜欢做饭，是工作以后的事情。我十六岁就参加工作了，分配到崇各庄公社的北四位小学。那儿只有几个老师，不够规定人数，不能请大师傅，就只能几个人轮流做饭，好处就是可

以得一块五的小伙儿补助。当然还有一个好处，就是可以锻炼提高做饭的水平。他们都比我大，还有几个女老师，可她们没想到，我做饭还相当的好。当然，各有各的高招儿绝活儿，我从他们那儿也学了一些，例如酱豆腐炖肉。

成家后，我俩都爱做饭，做得也还不错，当然主要是从我父亲那里学的。我俩最拿手的是酱肉，每年过年时做的酱肉都供不应求。她的妹夫，平时不太爱吃肉，可一吃起我俩酱的肉，刹都刹不住，都怕他吃顶了。凡吃过的亲戚朋友同事，都说好吃，都希望再吃。

她的蓑衣黄瓜、炒胶白和拔丝白薯做得挺好，我的是脆炒萝卜丝、红烧豆腐和干焖扁豆。家里有一段时间经常请客，拉出菜谱，做出一大桌，有凉有热，亲戚朋友和外国人都特别爱吃。我去法国时，在法国朋友的诺曼底别墅度假时，我天天顿顿给他们做中国北京的家常饭，饺子、包子、面条儿、片儿汤、烙饼、焖饭、炖肉、炒菜，换着样地吃，他们说太好吃了，尤其是饺子。他大女儿结婚时，去了好多人，都看见或者还尝了我包的饺子，后来整个小镇的人见到我都叫我“Ravioli！，Ravioli！（饺子！饺子！）”后来法国教授一家人说很想我，但他们可能不好意思说，也想我做的北京家常饭，特别是饺子。在我们的友谊中，总能看见饺子的影子，总能感觉饺子的味道。

民以食为天，吃饭可以充饥，吃饭也是享受。而做饭，愿意做又做得好，也是极大的乐趣。

80. 吃的乐趣

人以吃为命，民以食为天。吃不仅是为了生命的延续，还是人生的一大乐趣。

吃的乐趣，首先是爱吃。我的一位同事说，他对儿时的回忆，几乎都与吃有关系，那时候穷，吃是最大的乐趣。

爱吃，当顿顿都可以吃饱了以后，就变成了一种生命活力，生活热情，生活滋味和情趣。爱吃不仅仅因为饿，需要充饥；不仅仅因为馋，需要调剂。爱吃，也说明心情好，有爱吃的食欲，还说明胃口好，有消化的能力，更说明精神愉悦，有享受的心气儿。

吃的乐趣，还在于会吃。吃中有历史，有知识，有美学，有厨艺，有风俗，有地理，有文化，有雅趣。爱吃才能会吃，会吃才会更有情趣。

吃的乐趣，最好什么都吃。酸甜苦辣，杂粮面米，山珍海味，普通稀奇。我的一位同事，他是能吃的都吃，包括蚕蛹、蜘蛛，不知名的虫子，还特别爱吃地摊儿和大排档的东西。一说吃，就特来情绪，一说吃，就会笑眯眯，就有许多的话题，一说吃，甚至能酒醉痴迷，忘乎所以。爱吃，给他的生活增添了许多乐趣。其实，这是说他，也是在说我自己。

吃的乐趣，最好还能自己做了吃。吃是乐趣，欣赏是乐趣，自己劳动，更有乐趣。食材的准备，作料的配比，烹调的火候，色香味形的佳丽，过程也是享受，过程也是乐趣。

吃的乐趣，是生活的交响曲。

五、春夏秋冬

81. 春天来了

春天来了，春天来了，春天来了！

春天来了，带着鲜花的微笑，带着闷雷的轰鸣，带着微风的温暖，带着新绿的萌动。风儿轻轻的，小雨细细的，阳光柔柔的，土地软软的。

春天来了，带着朦胧，带着柔情，带着浪漫，带着生命。小草绿绿的，树叶亮亮的，鸟儿喳喳的，花儿香香的。

春天来了，带来新的希望，带来新的憧憬，带来新的幻想，带来新的美梦。山林开始歌唱，河水开始荡漾，大地开始换装，人们开始繁忙。

春风吹来了，吹化了冰封，吹笑了春水，吹开了桃花，吹绿了柳条。

春燕飞来了，那么的童真，那么的欢快，那么的活泼，那么的可爱。

春雨飘来了，湿润了黄沙，湿润了庄稼，湿润了心田，湿润了脸颊。

春天来了，桃花这么红，报春花这么黄，兰花这么紫，梨花这么白。

春天来了，春天来了，春天来了！我们在春天里畅快，在春天里抒怀，在春天里陶醉，在春天里自在。

82. 小燕子

很小很小的时候，学会的第一首儿歌，就是“小燕子，穿花衣，年年春天来这里。要问燕子你为什么，燕子说，这里的春天最美丽。”

很小很小的时候，知道的第一种动物，就是小燕子。

小燕子活泼可爱。它的羽毛乌黑光亮，肚皮雪白雪白，尾巴好似小剪刀。它飞得那么快，那么轻灵，那么高兴，就像一个小精灵。

春天快来的时候，小小的我热切盼着小小的燕子。忽然有一天，看见两只小燕子真的来了，我别提多激动了，“小燕子，穿花衣……”的歌声就情不自禁地在我的心里响起。而小燕子它们也很激动，飞去飞来，飞来飞去。

小燕子回来了，它们那么兴奋欢快，那么活泼可爱，把整个春天都给唤醒了，把整个春天给闹得更加美丽，更加生动。阳光更加明媚，蓝天更蓝了，白云更白了，小草长高了，柳叶变绿了，花儿更鲜艳了。小鸟喳喳叫，蜜蜂嗡嗡响，蝴蝶翩翩飞舞，人们愉快歌唱。

小燕子回来后，就落在粮店门市部里面靠墙的大梁上，它们年年都在那里，买粮食的人都会笑着看着它们，说着它们，还有的人是专门来看它们的，例如我的小伙伴们和我。它们首先要把旧窝修建成新的住所。不知道它们从哪里叼来了湿泥，并且和羽毛草棍混在一起，起到水泥中钢筋拉抻的作用，然后把老窝一层一层地加固、加高，再叼些毛和草铺在窝里。就这样，一个漂亮而舒适的窝搭成了。应该说，小燕子的建筑技巧非常之高。窝修好了，两只小燕子就高兴地飞出去找吃的，去玩耍。过些天，就能听见雏燕在窝里吱吱叫，又过了几天，就看见小鸟探出头儿来了。

小燕子越来越多，它们呢喃着在小河边，在湖面上，在树林中上下翻飞。尤其是在水面上，它们玩得更高兴，尾尖偶尔还点一下水面，那平静的水面就出现一个小水涡，然后就一圈一圈地荡漾开去。

下小雨的时候，小燕子可兴奋了。轻轻小燕子，空中来戏雨。自由天上舞，潇洒好快意。小燕子们飞累了，就站在电线上，你看看我，我看看你，还时不时啾啾地和我们小朋友打招呼，我们也笑嘻嘻地向它们摆手致意。

一个又一个春天，小燕子来了又走，走了又来，它们还是那个样子，可我们不知不觉已经长大了。

后来，我们都离开了小时候生活的地方。后来，听说那个粮店被拆了，小燕子再也不能回到那里做窝了。后来，农药用多了，虫子是少了，可小燕子也越来越少了。到郊区时，能偶尔看见小燕子的身影，就会唤起童年美好的回忆。

但愿能看到，什么时候，小燕子也能为城里的春天带来美丽的飞翔，带来轻快的欢唱。

可是，小园香径独徘徊，何日相识燕归来。冬天到底还多久，天空啥时不见霾。

“小燕子，穿花衣，年年春天来这里……”

83. 春雨

滴答， 滴答，下雨啦，下雨啦。

麦苗说："下吧，下吧，我要长大。"

桃树说："下吧，下吧，我要开花。"

葵花子说："下吧，下吧，我要发芽。"

小弟弟说："下吧，下吧，我要种瓜。"

滴答，滴答，下雨啦，下雨啦。

这是我们小时候学的一篇课文，也是我最喜欢的一篇课文。那时候，每天早晨的朗读，我都会高声地朗诵这篇课文，我会让我的声音压过全班所有的人，或者说我几乎听不见全班所有人的声音。后来年龄大了，还时不时地背诵，实在是太喜欢了。

那天，是在夜里，还是在清晨，今年的第一场春雨真的来了，悄悄地来了，没有炫耀，没有声息，不期而遇。因为打开窗帘，看见地湿了，小雨还在下，就赶紧下楼去了。

这是北方的春雨，毛毛细雨，稀稀拉拉，不但不让人讨厌，还会让人欢喜。

在春雨中淋着雨走一走，真的别有一番情趣。小雨点儿一滴滴、一滴滴，轻轻地落在头上，柔柔地打在脸上，软软地滴在心上。于是，心就被湿润了，就被融化了，就被感动了。

柳枝也在淋着雨，柳芽被洗得鲜亮鲜亮，一枝枝鹅黄，一枝枝嫩绿。柳枝轻轻地摇动，枝头轻轻地滴着水滴。滴答，滴答，滴在身上。滴答，滴答，落在土里。

桃花也在淋着雨，雨滴打在她们的脸上，她们容光焕发，笑得那么灿烂，那么美丽。

小鸟也在淋着雨，它们叽叽喳喳，跳来跳去，还不时地抖抖翅膀，那样地得意，那样地惬意。

小草也在淋着雨，叶子被雨滴打得一动一动，充满了生气。很多草叶上都挂着雨珠儿，水灵灵，笑嘻嘻。

蜗牛也在淋着雨，它们慢慢地爬着，尽情地享受着，对于我的招呼，它们不睬不理。

大地也在淋着雨，一下子，又长出了那么多的小草，又长出那么多的小花儿，红的、白的、黄的、蓝的，和那树上的桃花斗艳争奇。

哎呀，头发湿了，衣服湿了，鞋子也湿了。可是，还是舍不得呀，舍不得那可爱的春雨。

春雨亲吻了大地，大地孕育了生机，生机带来了美丽，美丽感谢那春雨。

滴答， 滴答，下雨啦，下雨啦。

麦苗说："下吧，下吧，我要长大。"

桃树说："下吧，下吧，我要开花。"

葵花子说："下吧，下吧，我要发芽。"

小弟弟说："下吧，下吧，我要种瓜。"

滴答，滴答，下雨啦，下雨啦。

84. 少年桃花

到了少年的时候，不知道为什么，特别喜欢桃花。

春天来了，离家不远的山坡上开的花可多可多呢。桃花开得也是最早的，漫山遍野，汇成了花的海洋。

桃林最诱人。来到桃树林中，鲜花灿灿，香气淡淡，蜜蜂嗡嗡，蝴蝶翩翩。小伙伴们一块儿来到了山坡上，蹦跳奔跑，像那些蜂蝶一样高兴。有的玩儿捉人，有的上了树，有的挖野菜，有的打兔食。觉得还没多一会儿，可大半天儿已经过去了。有人说该走了，我却说再玩一会儿吧。可他们还是都走了，就剩了我一个人。太好了，这下我可不用害羞了。其实，我就是想再仔细瞧瞧那么好看的桃花。

桃树最女人。从不远处看，桃树都不高，枝杈都不密，多半儿都是横斜着向外边伸展开来，像仙女一样，婀娜多姿。树皮红红的、亮亮的，像是刷了红铜漆似的。到了一棵树前，摸着桃树光滑的树皮，心里也滑滑的。桃树本身也有一种特殊的香味儿，最讲究的北京烤鸭，都是用桃木熏出来的。

桃花最喜人。桃花大多是粉红色和粉白色的，深浅度不太一样。花瓣儿有两层，每层一般都是五瓣儿。花蕊都向外探出头来，每一根的顶端都有一个小球球，上面都是花粉。花粉的香很清淡，舔一舔，还有点儿甜丝丝的。痴情地看着桃花，看着，看着，心里油然生出一种亲切的、甜蜜的、柔柔的感觉。

我在桃林中走来走去，看看这棵，又看看那棵，看看这枝儿，又看看那枝儿，看看这朵，又看看那朵。哎呀，该回家了。要不带一枝回家吧。于是，我就找了一枝形状最好的，花骨朵多的，似开非开的，撅了下来，高高兴兴地回家了。

可快到家属区的时候，我突然为难了。要是让女同学看见得多不好意思呀！我就不自觉地把花藏在背后，一溜烟儿地跑回了家。进了家，我赶紧找了个瓶子，把桃树枝泡了起来。我天天都给它换水，天天都要看它好几回。第二天，花儿就开了，可美可美啦，香味儿可好闻可好闻呢。花开了有一个多星期，凋谢了我还舍不得扔。

那时候，每年的春天，我都要去山上看桃花，撅桃花，经常只有我一个人。因为初二到初三那两年，哥哥去了东北军垦建设兵团，父母分别到慈家务和房山去上班，一周才回来一回，所以平时就我一个人在家。那时候冬天很冷很冷的，而有时我还把火给弄灭了。所以我总盼着春天，盼着春天的桃花。

后来，读到古诗，才知道古人也有把桃花带回家的："桃之夭夭，灼灼其华。之子于归，宜其室家。"我想："之子"一定也是个小男孩吧，或者说就是那个诗人自己吧。

关于我喜欢桃花，那天发小聚会，大锁哥们儿还提到了呢。他还记得，我初中毕业分到崇各庄，水库那边的桃园很多，我还写了一篇散文体的小说，二十多页，大概是叫什么《桃园相会》吧。我记得也很清楚，就我俩在我家，他趴在我家的大木炕上，读了好半天好半天，我等得很那个那个呀。终于读完了，他说他读过不少书，我写的还真的挺棒的。

其实，那也是我和一同在豆各庄中学教体育的高光老师打的一个赌，他说我五年之内不可能发表文学作品，可是我两年不到就发表了。可惜后来学英语，就只能放下了。

大锁的评价，对我的鼓励挺大的。于是，我把那篇散文通过张桂霞老师，投给了《房山文艺》，后来房山广播站还广播了。那是我发表的第一篇作品，还得到了第一次的稿费，只可惜已经没有原稿了，不知道还能不能找回来。后来，又写了一些关于桃花的，但总觉得都没有那篇好，那是对桃花的爱情，可能那也算是一场初恋吧。

“千叶桃花胜百花。”一片春心赏桃花，十里春风香万家。百亩桃园凤蝶舞，千山万水美如画。

今年的春天又来了，又该去看桃花了，最好能再去小时候的山坡。

到了中年以后，不知道为什么，更加、更加喜欢桃花了。

85. 空谷幽兰

最早看见兰花，是姥姥花盆的草。后来看见兰草，是山谷里的幽兰。特别喜欢兰花，尤其喜欢纯洁幽静的白兰。

幽兰奥秘有神性。古人认为，兰草暗藏神灵祝福的魔力。人们燃烧兰草，让香气飞上天空，让神灵能够闻到，祈求神仙显灵，保佑平安。后来人们烧香，可能就是源于此说。而佩兰而行的人，可以得到神灵的吉祥庇护，这也是兰草的神性。

幽兰作为爱情象征。《诗经》有“溱与洧，方涣涣兮。士与女，方秉蕑兮”的诗句。意思是说，溱水流来洧水流，小伙姑娘兰在手。就像西方的玫瑰一样，古代西周的兰草，就是表达爱慕的花朵，她白色的花瓣中间，能传出的爱的声音。一枝素草亭亭立，深谷孤独盼知己。情人陪伴身旁坐，天荒地老风和雨。

幽兰生命特旺盛。她们嫩叶纤细，花朵旖旎，弱不禁风，但是她们具有顽强的生命力，耐寒耐暑气，耐旱又耐雨，还能忍耐土壤贫瘠。兰花不都是生长在温带和热带山区，有的还能生长在冰雪覆盖的北极，炎热的沙脊和湿冷的沼泽地。兰花也不都是生长在土里，有的还能生长在大树表皮，河流小溪和苦涩的海里。弱小兰花的适应能力，实在让人惊奇。

兰花高尚好品行。兰花心系自然，眷恋山谷，钟爱幽静，清白本真，优雅超脱，孤芳自守。“不与桃李争艳，不因霜雪变色。”我国历代文人墨客都对兰花极其赞赏，老百姓对于兰花也有深厚的爱恋和精神寄托，因此形成了中华民族所特有的的兰草文化。“兰甚似乎君子，生于深山薄丛之中，不为无人而不芳。”“为草当作兰，为木当作松。”

兰花姿色最生动。她们亭亭玉立，气质高雅，风韵独特，淡定从容。她们的花形变化无穷，姿态万千，像荷花，像梅花，像菊花，像牡丹，似乎可以找到百花的身影，几乎聚集了所有花卉的精魂。兰花的叶子细而长，一条条叶脉清晰可见，它们多姿婀娜，飘逸洒脱。明代诗人张羽有诗赞曰：“泣露光偏乱，寒风影子斜；俗人那解此，观叶胜观花。”

兰花雅韵而轻灵。兰为花，与花为伴，素洁高雅，端庄秀美，超凡脱俗。兰花中的荷瓣花品相端庄，梅瓣花淑秀生动，水仙瓣花温文尔雅，蝴蝶瓣花飘逸灵动。每一种兰花都自有神韵，令人百看不厌，浮想联翩。

兰花暗香荡心中。“兰之香，盖一国。”兰香为国香，国色天香的香，说的就是兰草之香气。兰花自古有“王者香”之称，其香清幽脱俗，飘飘忽忽，若有若无，沁人心脾。“兰之猗猗，扬扬其香。”偶尔一阵清香袭来，能使人爽神醒脑，心旷神怡。

兰花陪伴享幽静。人的岁数大了，心就越来越素了，更喜欢清静了，也就更喜欢兰草了。我经常幻想，在早春时节，朋友一起春游踏青。在一个幽静的山中，有茅屋草舍，观赏明月，聆听山泉，沐浴清风，像晋代王羲之他们那样，玩儿曲水流觞，饮酒赋诗，悠闲地欣赏那水边的空谷幽兰，感受一种别样的清幽。“幽兰生前庭，含薰待清风。清风脱然至，见别萧艾丛。”

姥姥已经去了山谷，我又想起姥姥花盆里的兰草了。

86. 盛夏夜雨

好热呀，好热呀！

天很闷，人很闷！

没有风，一点儿都没有。

没有声，一点儿都没有。

那年的那个夏天，放暑假了。我留校了，师范学校。

夜里，就我一个人，整个一座楼，大石河畔。

自学英语，高级英语，理解记忆，聚精会神。

寂静的快乐，孤独的快乐，学习的快乐，憧憬的快乐。

忽然，有凉风了。

下雨了，下大了，狂风暴雨，飞沙走石，电闪雷鸣，楼房颤动。

忽然，我害怕了，居然有点儿害怕了，真的有点害怕了。

我害怕一个人的孤独，一个人的凄苦，一个人的微小，一个人的无助。

雨越下越大，风越刮越猛，雷更加尖利，楼更加颤动。

我敬畏了，敬畏大自然的威猛交加，敬畏大自然的万千变化，敬畏大自然的无比神奇，敬畏大自然的真正伟大。

忽然，风小了，雨小了。一切又寂静了，除了小雨。

听着外面的小雨，淅淅沥沥，那么静谧。

望着窗前的操场，空空旷旷，雾气茫茫。

想着以后的事情，多少不定，风雨兼程。

看着眼前的英语，还要学习，还要进取。

这盛夏的夜雨，给我余悸，给我凉气。

这盛夏的夜雨，给我静寂，给我坚毅。

这盛夏的夜雨，给我惊喜，给我活力。

这盛夏的夜雨，给我启迪，给我希冀。

87. 仲夏荷花

人们都喜欢冬天的梅花，喜欢她冷雪中动人的风采。

人们都喜欢秋季的菊花，喜欢她严霜里感人的情怀。

而我更喜欢夏日的荷花，喜欢她酷暑下惊人的盛开。

不知道是大自然的神奇，让花儿错开花期，还是花儿的智慧，在不同的季节绽放美丽。

我在有的事情上很马虎，甚至有些想当然。我知道荷花开在夏天，其实还真没有几年。有一次，同学在春天组织聚会，需要有个主题，我就说去看荷花吧。人家说这时候哪有荷花呀，而我却很不服气，说荷花就是在夏天开呀。人家不知是不敢肯定了，还是故意让我看到事实，我们就去了紫竹院。找啊找，哪儿也找不到荷花，只看到一片片田田的荷花叶子。这时，我的一位同学说："你老外了吧？还说喜欢文学呢！杨万里有一首诗：'毕竟西湖六月中， 风光不与四时同。 接天莲叶无穷碧， 映日荷花别样红 。'你没读过呀？"惭愧，惭愧！我那时的脸一定比刚开放的荷花还红。为此，我真诚地向同学道了歉，也因此而增加了对荷花的敬意。

荷花真是了不起，她们的莲子常年都在水里，泡不烂，冻不死，还要干干净净地出污泥，还能那么的美丽。

《蝶恋花·水莲》

泥沼清出洁自好。

入夏才开，不与春争俏。

大叶田田贴水面，招来鹳鹤栖息叫。

湖畔香飘蝶舞妙。

鲜嫩花蕾，刚露尖尖角。

楚楚芬芳亭亭立，含情淑雅娇娇笑。

因为荷花是开在夏季，我还想到了一个问题。如果进化论是对的，各种花儿为什么要做这样的选择，她们是怎样竞争，思考，或者是怎么商量的，难道梅花、菊花、荷花她们对严寒暑热就毫不畏惧，难道她们是为了给昆虫错开传粉的时间，也让昆虫总能采到花蜜，一年四季。大自然真是太神奇！

想到这儿，我更加喜爱荷花的旖旎和清丽。

88. 秋风

秋风刚来的时候，那么风采奕奕，那么多情柔肠。它悄悄地、悄悄地带来了清新和清香、清淡和清凉。它只是轻松地一吹，暑热就乖乖地离开了。身心一下子，就感到倍儿爽、倍儿爽。

秋风是一位美妇，让一切变得韵味十足，让一切变得雅致端庄。

大山，更加浓重深沉。河水，更加缓慢流淌。山上，走着

惆怅的夕阳。夜空，升起悲凉的月亮。

秋风是一位画家，她把万物染成了彤彤紫红，染成了灿灿金黄。

它染红了苹果，染红了枫叶，染红了酸枣，染红了高粱。它涂黄了稻谷，涂黄了柿子，涂黄了倭瓜，涂黄了胡杨。

秋风是一把霜剑，丝丝冒着冷器，闪闪发着寒光。树叶飘落了，荷花凋谢了，草木枯萎了，候鸟飞向南方。雨水寒了，霜花白了，身上冷了，心儿哇凉哇凉。

秋风要走的时候，它使劲儿地刮，大声地嚷，那么的风狂。秋风，你是什么脾气秉性，该怎么把你形容。你那么温柔，又那么狂妄。你那么爽朗，又那么迷茫。

秋风，我为你的绚美而歌唱，也为你的萧瑟而感伤。

89. 秋草

人们喜欢秋天，喜欢秋天蓝蓝的天空，秋天美丽的红叶，秋天金黄的稻谷，秋天淑雅的菊花，秋天可爱的酸枣。可我，还有一个喜欢的，喜欢秋天的草，秋草。

秋草与春草、夏草不同，秋草有自己的别致，秋草有自己的味道。

春天的草，稚嫩、清纯、童真、娇小。夏天的草，跃动、活力、葱郁、繁茂。但是，我好像更喜欢秋天的草，秋草。秋天的草，成熟、稳重、坚毅、清高。

初秋来了，中秋到了，晚秋正在奔跑。秋草红了，红了心，秋草黄了，黄了身，秋草白了，白了头。

秋草，不再年少，已懂得了世道。秋草，知识丰富，情感浓重，知道为自己叫好。秋草，开始枯萎，可心没有变老。生命的热情更高，更喜欢晚霞夕照。秋草，更加多情，盼望自己的种子春天更好、更娇柔。秋草，没有红叶热烈，没有稻谷重要，没有菊花妖娆。但是它们都说，你真的不能少。没有你的风采，没有你的映衬，没有你的陪伴，它们不能如此的美妙。

我喜欢秋草，我也是一棵毛毛草，我为我们的秋草自豪，为我们的秋草骄傲。春天又来的时候，我们会最早来报到。我们会与自然万物一起，更美地生活，更美地浪漫，更美地微笑。

90. 秋菊

世上的花各有各的美，梅花冷艳，兰花清雅，牡丹富贵，荷花端秀。那么菊花呢，这些特点好像也都有，只是不被单独赞美而已。

但是说到别的，菊花则占有不少之最。菊花种类最多，有3000多种。名字最多，有鞠、寿客、傅延年、节华、更生、金蕊、黄花、阴成、女茎、女华、帝女花、九华等。颜色最多，有黄、红、黑、白，紫、赭、粉红、泥金、绿等。形状最多，有球形、扁球形、荷花形、芍药形、勾环形、松针形、垂珠形、外翻形、龙爪形、毛刺形和托桂形等。瓣型有平瓣、匙瓣、管瓣和桂瓣。实用最多，可以食用、茶用和药用。花期最长，从春一直开到冬。

菊花在其他季节，不太引人注目。可是到了秋天，她会吸引最多的注意力。在“霜降之时，唯此草盛茂”，因此成为生命力的象征，也因此而成为四君子之一。

“菊花如端人，独立凌冰霜。”秋菊，在秋风的陪伴下，登上了秋天的舞台。她们五颜六色，婀娜多姿，各显风采。尽管她们没想压倒群芳，尽管她们没想独树一帜，尽管她们没想独领风骚，尽管她们没想占花魁之首，她们只想重复自己的生活，迷恋自己的事情，演绎自己的生命，享受自己的快乐，可她们那特有的品格、特有的姿态、特有的气韵、特有的美丽，完全可以与白雪红梅比冷艳，与空谷幽清雅，与富贵牡丹比娇媚，与圣洁荷花比端秀。所以古今许多文人雅士、平民百姓都喜欢菊花，尤为钟爱霜露中的秋菊，对她们有一种特殊的情怀。我猜想这可能是性情和灵魂的相通吧。

周墩颐说："菊，花之隐逸者也。"陶渊明特别喜爱菊花，可能因为他是一位隐士，而菊花也大多都生长在偏僻的地方，也是"性本爱丘山""高情守幽贞"，与世无争的花中隐士吧。陶渊明有诗曰："芳菊开林耀，青松冠岩列。怀此贞秀姿，卓为霜下杰。"他把秋菊不畏严寒，傲立风霜的坚贞不屈比喻为"霜下杰"，这实际也是他自己不畏强权，不为"五斗米折腰"的真实写照。因此可以说，他与菊花是心有灵犀，惺惺相惜。所以可以说，他对菊花总是以同怀视之，愿意与菊花朝夕相伴。

曹雪芹在《红楼梦》里，借黛玉作的咏菊诗，表达了他对陶渊明的敬佩之情："满纸自怜题素怨，片言谁解诉秋心。一从陶令平章后，千古高风说到今。"

而我，一个也在这个年代深爱菊花的人，除了对陶公人品的敬佩，还有对他"采菊东篱下，悠然见南山"那种生活的羡慕和向往。

91. 红叶情

你是地上的枫，你是天上的星，你为秋而来，你为秋而生。

你黄了，黄过了九月的菊。在地上，染黄了黄土，染黄了黄河，染黄了我的眼睛。

你红了，比二月的花更红。你红遍了群峰，映红了天空，使热血在我的心中涌动。

你没有那么坚挺，也不怎么贵重，可你的大美永恒。

你沐浴着秋风、秋霜，情深深、意浓浓，以你的一抹秋红，与黄栌、与银杏树、与柿子树们一起，构成为秋天最美的风景。

你在树上时，无比辉煌，姹紫嫣红，让人们都以你为乐，以你为荣。

你落在地上，静静地躺着，陪伴着苦雨霜冷。

你游走在风中，聚集在地垄，在母亲的脚下超生。

你是地上的枫，你是天上的星，你为秋而来，你为秋而生。

你给自己赋予了一个使命，一定要在自己即将消失的时候，把大地染红，让秋季更加美丽，让人们更加热爱生命，也让人们因你的美而感动，并且把你的美些许地记在心中。

如若还有来世，希望作一棵山岭上的红枫。

92. 秋虫和秋人

秋天的夜晚，空明、宁静。

孤独的月亮，孤独地洒着晶莹。孤独的星星，孤独地眨着眼睛。

瑟瑟的秋风，瑟瑟地流动。风儿吹拂秋草，秋草发出秋声。

在凄凄的秋草中，如果仔细地听，除了秋草的秋声，还有什么在发出秋鸣。噢，它们是秋虫，秋天的精灵，蛐蛐、蝈蝈、草蜢、纺织娘，还有那种会叫的草玲。

在这孤寂的夜，瑟瑟清清的冷。天凉了，秋虫不爱动；夜深了，秋虫仍在啾鸣。你们叫得这么起劲，小小的可怜的秋虫。孤独的秋虫，孤独地看着月明，孤独地发出轻轻的哀咏。

既然有秋虫，也就有秋人。

秋人大多是上了一点儿年纪的人，一般得有五十岁吧，因为知天命了。

秋人都爱秋天的色彩和景物。爱秋天的蓝、秋天的黄、秋天的红。爱秋天的山、秋天的水、秋天的风、秋天的月亮。爱秋天的稻谷、秋天的瓜果、秋天的花朵。

秋人都多愁善感。瑟瑟风彻骨，天凉好个秋。树草黄了，树叶红了，秋霜白了。秋水寒了，秋虫叫了，大雁飞走了。

朋友呢，在哪里，好久没联系，寒露凄凄。悲欢离合，阴晴圆缺，此事古难全。鬓发斑白，夕阳西下，无可奈何花落去。

于是，秋变得无奈，秋人有了秋的感伤，秋的悲凉，秋的思念，秋的惆怅。

但是，秋必定是美的，秋人也有秋的成熟，秋的情怀，秋的气韵，秋的风采。

如果，如果真有秋人一种，秋人一类，秋人一群，那不用说，我一定是其中一个，一个秋得很秋的人。

93. 秋山

秋天来了！

风爽了，天高了，云白了，水静了。

秋天笑了！稻子弯了，倭瓜老了，葡萄甜了，核桃满了！

秋天美了！黄栌黄了，红枫红了，粉花粉了，黑枣黑了。

秋天深了！月圆了，情重了，酒浓了，人醉了。

秋天最色，绿色，黄色，红色。

秋天最爽，天爽，风爽，人爽。

秋天最实，果实，粮食，知识。

秋天最美，山美，水美，云美。

秋来了，你没消息，秋浓了，你无踪迹。

秋深了，你还好吧，秋凉了，你要添衣。

秋风飘秋雨，秋雨落秋山。秋山染秋色，秋色闹秋欢。

秋欢荡秋千，秋千晃秋晚。秋晚生秋思，秋思起秋怨。

晚月情更浓，秋山色愈重。涧水落雪白，夕阳飞霞红。

中秋登高上西山，西山红叶正烂漫。烂漫情怀多色彩，色彩满山红黄蓝。

山山一片景，水水一汪情。山水总相依，红叶爱意浓。

中秋空净挂玉盘，游走山峦在夜晚。林中啾啾有鸟叫，低语窃窃无人喊。高高夜空蓝光灿，远远山峰白水闪。今宵朗月清晖照，明日秋阳蓝天湛。

凄凄百花残，暖暖千树灿。青山黄映红，白水绿透蓝。

秋风起瑟瑟习习，秋雨下淅淅沥沥。秋水流冰冰冷冷，秋叶飘惨惨凄凄。

一年四季皆旖旎，唯独中秋最诗意。美艳成熟又丰富，热烈深刻更期许。少时秋天登山岗，不知何日为重阳。今朝登高才感叹，红叶脸上染秋霜。

守一处风景，念一世真情。赏一片秋红，怀一帘幽梦。

坐在秋山中，我享受着幽幽的宁静，把甲子后的未来憧憬。

不敢说是仁者，但我喜欢山，更喜欢秋天的山。秋山更加厚重，更加生动，更加诗意，更加深情。

94. 中秋夜

中秋到了，枫叶红了，月儿圆了。

一年四节八分法，中秋已被五六夹。人生若能活百岁，整是六十把一加。昔日赏月笑无俩，今晚对影悲有仨。月饼香香风中飘，玉盘冷冷夜空挂。今年的中秋，是我甲子年的中秋，我得去看月亮。

中秋夜，高高的星空，月光那么清冷。他孤独地冥想，觉着微微的凉风。

中秋夜，果园里飘着甜香，谷地中趴着蝗虫。寒鸭瑟瑟地鞘在水边，麻雀已躲进了马棚。

中秋夜，听不见犬吠，也不再有蛙鸣、鸟叫，静悄悄，怎么都没有人声。

中秋夜，星星眨着眼睛，树叶轻轻地摆动，他伫立在窗前凝望，屋里亮着小灯。

以前看月亮，是顺便，是偶尔，没有特别专心，只是觉得美，觉得神奇。可今天是不一样，专门地看，仔细地看，深情地看，还真觉得不太一样的。

人们都说，十五的月亮十六圆，再过一天少半边。月亮变化之快，让人应接不暇，让人多愁善感，让人感慨万千。“人有悲欢离合，月有阴晴圆缺，此事古难全。”

人们大都喜欢圆月，象征着团团圆圆，圆圆满满，这属于一种社会心理。其实，从美学上说，也许月牙儿更美，更多样，更浪漫，更诗意。

“无言独上西楼，月如钩。寂寞梧桐，深院锁清秋。剪不断，理还乱，是离愁，别有一番滋味在心头。”今天是中秋，我一个人在家里。月饼是有的，就摆在桌子上。葡萄酒也有，也摆在桌子上。

自己过中秋，已经不止一次了，可这一次不太一样。这是甲子的中秋，是退休以后的第一个中秋。不过，也没什么呀，还有手机的陪守，还有不少朋友的问候，还有桌子上的月饼和葡萄酒。

窗外的月亮爬上来了，爬到了柳梢头。月亮也是圆的，也是亮的，也在静静地给我守候，陪我喝甜甜的酒。

刚才我去看中秋的月亮了，可惜它一直都没有露面，却飘来零星的小雨点。它可能是怕我太孤独，太伤感吧。“此生此夜不长好，明月明年何处看。”

95. 晚秋玫瑰

我们小区的院子里，分几处种了不少玫瑰，它们三季花朵不断，和其他植物一起使整个小区显得生机盎然，美丽纷繁。

玫瑰、月季、蔷薇，在英语里，都是 rose 一词。它们同属一科，有些区别。颜色有白红黄粉很多种，还有双色的。“接叶连枝千万绿，一花两色浅深红。”

春天的玫瑰朝气蓬勃，夏天的玫瑰豪放灿烂。那时候，它们特别招人喜欢，很多人驻足欣赏，还和它们照相。

而秋季的玫瑰花朵少了，注意的人也少了，但我偶尔也会停下来看看它们。

今天在路过的时候，不知道什么原因，我特意想好好地看看它们。本来准备伤感一番的，可没想到，它们竟然令我很惊讶！

尽管很多已经凋谢、干瘪，但在深秋的凉风中，一些玫瑰依然努力地开着，依然那么鲜艳浓郁，比春夏的姐妹们更加庄重，更有韵味。

我在给它们照相时，衣服挂了几处，手上扎了几次，还流

了点血。但是，我的热情一直很高。外边、里头、底下、高处；站着、蹲着、哈腰、仰头。

我在和它们作最后的告别，它们却甜甜地笑着，说明年它们还会姹紫嫣红。没错，明年它们又会重生，还会依然年轻。可我呢，好像什么又短了一程。

96. 初冬时分

你，与晚秋接踵，却更冷，更朦胧。

草，已枯萎。树叶，正飘零。听见了，听见了呜呜的风声。雪花，飘在空中。

秋虫，已没了踪影，也不再作声。麻雀，卧在房檐，鞘在那里，一动不动。

他，走来了。脚步，似乎没那么快了，也不再那么轻盈。

他走走停停，偶尔还会站在那儿，发发愣。

雪，很白很白，白得有些看不清，白得过于清净。

他，在雪花中走着，走着，好像在想着什么事情。

前面，有一棵松，还是那么绿，还是那么年轻，好像在跟雪花说笑谈情。

他，又开始往前行。前面是柳树，柳枝在雪花中舞动。两只喜鹊在那儿跳跳蹦蹦。

玉兰树依然那么坚挺，白雪下面，花蕾正慢慢形成。湖里有一条船，水还没有冻。他向那条船走去，船又开始划动，也

许什么地方会有冰。

这，就是初冬。“节物随时变，斜阳一望中。……一樽谁与共，独立意无穷。”

97. 冬季温馨

那个年代，冬天的时候，看不到鲜花儿。妈妈把白菜疙瘩泡上，看着她们长叶儿开花儿。高高的茎儿，黄黄的花儿，别提多亲切，多好看了。有时候，我看着白菜花，能看上好半天好半天。

后来，我成家了，就跟妈妈学，也把白菜疙瘩都续着泡起来，一冬天可以看到。

这是什么花？我特别爱她！已经几十年了，我每年都要泡这种花。我是跟妈妈学的，切白菜的时候，把根部削成金字塔形状，放在一个容器里，加点儿水，不几天就可以开花了，一簇簇金黄色的小花儿！这花特亲切，特平民，我一看能看上好一会儿，心里边别提多温暖，多感动了！赶上好的，花又高又大，旁依斜出，好看极了。我在我的同事家看到过一棵，那是我这一生看到的最好的白菜疙瘩花。她说她是用半棵白菜泡的，可我却从未舍得。

喜欢看自己泡的白菜花。在《花痴男人》一文里，我写过这样一段："春天有花儿看，冬天怎么办呢？妈妈有办法，她切白菜时，把疙瘩上面留出一个塔尖，然后把它泡在一个盘子里，过上十来天，就可以看到白菜花儿了。花茎能长好高，还分出好几个杈儿，黄黄的小花儿特别亲切可爱，给寒冷的冬天带来了盎然春意。从那以后，我就每年自己泡白菜花儿，从来没有间断过，有时白菜吃得快，会接连有好几盘续着开花儿，形成小小的一片春色。"

"闲花只好闲中看"，我一看见亲切的白菜花儿，心中就充满爱意、充满热情、充满想象，一时间能够把现实中的什么都忘了。而大画家齐白石，居然也很喜欢白菜，他一生画了大量白菜题材的画儿，白菜和蝈蝈、白菜和草虫、白菜和辣椒……他画的白菜，活灵活现，朴实自然，表现出老画家对田园生活的喜爱。

然而，遗憾的是，白菜已经一年不如一年，白菜花也就一年不如一年了！

98. 雪松

喜欢松树，尤爱雪松。曾经想给儿子起名为雪松。

雪松比其他的松更雄伟，更好看。它的树冠像一把半开的油纸伞，枝杈向外面伸展，层层叠叠，形成一圈一圈的圆。这些圆很有秩序，很有规律，底下的圆最大，越往上越小，到最上面就变成一个尖。从任何一个角度看，它都是一个三角形，那么庄严，那么规范，那么挺拔，那么壮观。

雪松是松，具备同样的松的品格。它的生命力极强，在任何地方都能够生长，在北方、在南方、在平原、在山冈，甚至在峭壁悬崖上。它不怕旱，不怕涝，不畏风雨，不畏严霜。在下大雪的时候，它最显英雄本色，银装素裹，巍然屹立，成为雪世界中最美的风景。

雪松是树，树给予人类巨大的付出。在我眼里，在我心中，松木的用途最多，松香的味道最好，松子的营养最高，琥珀的颜色最美。

我赞美雪松，饱经了千年风霜，经历了万种沧桑，让人深深地感动，使人无限地遐想。我歌唱雪松，坚强而茂盛，淡定且从容，孤独无寂寞，正直有永恒。

99. 清冷竹品

素雅孤傲通身绿，幽静朴实志有奇。

风骨坚硬气节高，高洁刚毅姿态低。

在中国，竹子大都生长在南方，不过，在北方的一些比较适合的地方，也常常见到它们的身影。竹子们生长时，总爱抱成团儿，挤成堆儿，总是丛匆、一片片，从来不会一个人独单单、孤零零。

听说，竹林最有名的是在宜宾的蜀南竹海、宜兴的华东竹海、杭州的双溪竹海、中原的豫南竹海。可在我的记忆里，印象最深的，最喜欢的却是漓江两岸、杜甫草堂、云居寺的那些竹子。因为那些竹子看着更亲切，更漂亮，更有品质，更有性格。

竹子正直、谦逊、清雅。有气节、有追求、有坚守、有骨气的文人志士都喜欢竹子。竹子，常被认为代表正直、向上，有君子之风。

魏晋时期的七位名士，阮籍、嵇康、山涛、刘伶、阮咸、向秀、王戎，被人们敬称为竹林七贤。他们不拘礼法，清静无为，在今河南辉县西北一处环境清幽遍布青竹的地方，彼此并且和竹子结下了不解之缘，经常在竹林下聚会，喝酒纵歌，赏乐，交流文字，谈讲时政。

唐朝的王维“独坐幽篁里，弹琴复长啸”。多么清幽绝俗的月夜竹林，多么安闲自得的弹琴长啸之人啊！杜甫“绿竹半含箨，新梢才出墙。色侵书帙晚，阴过酒樽凉”。他与竹为伴，把诗人的娴雅之心和安然之志跃然纸上。元稹“新篁才解箨，寒色已青翠。唯有团团节，坚贞大小同”，他诗中的“节”既是竹节，又是品节，显示诗人对坚贞之志的倍加推崇。苏轼“可使食无肉，不可居无竹。无肉令人瘦，无竹令人俗”。把他爱竹之心表达得淋漓尽致。

清代的郑板桥“咬定青山不放松，立根原在破岩中，千磨万击还坚韧，任尔东南西北风”。竹子成了他品格的象征。

在数不胜数的竹子制品中，我最喜欢竹制乐器，竹板、竹笛、竹箫，因为它们最有竹子的风格，最有竹子的味道，空灵而深沉。

在我的骨子里，也有一些竹子的因子。竹韵风雅颂，傲骨立于中。有节又有情，虚怀包容。

100. 白雪红梅情

自古以来，多少文人墨客，多少绝美赞颂。其实，梅花美不及牡丹，香不过幽兰，然而她们更让人喜欢，更让人动情。

梅花让人喜欢，不在于色彩，不在于姿态，不在于香味，而是因为她们独特的气质，高贵的品性。

我钟爱梅花，因为她们不畏冬天的寒冷，常常与白雪相偎相依，相伴共荣。是白雪给了她们无穷的魅力，成就了她们无比的娇容。

白雪那么的晶莹，那么的纯情，那么的圣洁，那么的清冷，它把红梅映衬得如此的冰清，如此的鲜红，如此的高雅，如此的灵动。

温柔与寒冷配合，才能彼此心疼。纯洁与高雅相伴，才能相互提升。纯白与鲜红对照，才能相得益彰。白雪与红梅相搭，才能交相辉映。

梅花很清雅、很纯情，为别人带来了美丽，自己可都是苦痛。梅花心里有哭声，百花争艳未相从。没能有幸逢君羡，不见燕来蜂蝶拥。梅花只为美而生，最早把春争。不见群芳面，无怨有悲恸。

白雪相伴，梅花待凄冷。白雪化尽，梅花笑春风。